体の華
「何も知りません。殿下、忠誠を誓いました。命も肉体も、何もかも捧げたいと思いました。拒むつもりはありません。ただ、本当に何も知らないのです。失望なさるかもしれません」

肉《にく》体《たい》の華《はな》

剛《ごう》しいら

ILLUSTRATION
十月絵子《とおつきえこ》

肉体の華

騎士は王と婚姻する。
たとえ命を失うことになっても、王にすべてを捧げるのだ。

その日、山の頂《いただき》からは、雪の冠《かんむり》が消えていた。木々の葉は色を鮮やかにし、野原には可憐な花が咲き誇っている。

一年で一番いい季節になったのだ。

ラドクリフは、馬を洗う手を止めて空を見上げた。真っ青な空には雲一つない。そんなものを見ていると、何か素晴らしいことが、自分の人生に待ち構えているのではないかと思えてくる。

今年で十七歳になった。そろそろ騎士修行も終わりが近づいていて、じきにこののどかな住処《すみか》を去り、戦地に赴くのだ。厳しい生活にはなるだろうが、それすら楽しみだった。

ローマ帝国の栄光ははるか昔のこととなり、広大な大陸に幾つもの小さな国々が乱立している時代だ。石で築かれた堅牢な城を持つ王が民を支配し、領土の奪い合いで戦乱の途切れることのない時代だった。

王に忠誠を誓い、共に戦う者を騎士と呼ぶ。忠誠に対する見返りとして、王は彼らに領土と領民を分け与えた。

領主となり、領民を治める高位の騎士達は、やがて貴族と呼ばれるようになる。貴族は世襲制で、王への貢献度で爵位も上がっていった。名門貴族であるためには、まず優秀な騎士であることが必要なのだ。

騎士となるには、様々な戦い方を少年の頃から学ばねばならないが、日々戦地で戦いに明け暮れる騎士達は、家にいることも少なく、子弟の教育は名のある老いた騎士に任されることが多かった。

養育者となる騎士の邸では、十歳から十八歳までの貴族子弟が集められ、共に暮らしながら学んでいる。その間、生家に帰ることはほとんどない。

家族と離れることで、肉親の情が薄くなるのはいなめないが、騎士となったら、何よりも大切なのは家族ではなく王なのだ。

王に忠誠を誓ったら、討《う》てと命じられればたとえ肉親でも討たないといけない。

非情に思えるが、戦乱の時代を生き抜くには必要なことだった。

実の父親よりも、師である騎士を少年達は慕うようになっていく。弟子を抱えられるほどの騎士となったら、人間としても優れているから自然なことではあっただろう。

もう戦場で戦えない老騎士にとっても、貴族の子弟を後継者として育てられるのは名誉なことだ。その名誉を得るには、何よりも騎士として何年も戦いながら、命を落とさなかったという実績がものをいう。

戦場で華々しく命を散らすのも騎士らしいが、生き延びたのはそれだけ強く、賢い騎士だったということなのだ。

忠誠を誓った王はとうに儚《はかな》くなってしまい、その息子である次代の王からは、引退を勧告されて無念な思いをした老騎士も、後継者を育てるという新たな生き甲斐を見つけられる。

オーソン子爵家のラドクリフは、十一歳から老騎士アッシェンバッハに預けられていた。

アッシェンバッハは先々代の王に仕えた騎士で、数々の戦果を挙げている。若い頃は、敵《かな》う者がないと言われた豪腕で、その名を近隣に響かせていたそうだ。

そんなアッシェンバッハの下《もと》で、ラドクリフは剣と馬術、弓矢に格闘技などを習い、いずれは正騎士となって王のために戦うべく準備をしていた。

川で洗った馬を連れて戻ると、アッシェンバッハは新しくやってきた少年と、ここに少年を連れてきた、話しぶりからすると彼の叔父らしき男と話し込んでいた。

少年は俯《うつむ》き勝ちで、何度か鼻をこすっている。家族と離れ、一人で預けられる心細さから、泣きたいのを必死に堪《こら》えているのだろう。

ラドクリフにも覚えがある。けれどラドクリフは、あの少年ほど悲しまなかった。なぜならラドクリフにとっては、幼い頃より騎士となることが何よりもの夢だったからだ。

今夜、あの少年は自分の側で寝かせてやろうと、ラドクリフは優しく考える。気が付けば、今は自分が最年長だ。自分もここに来たばかりの頃は、年上の騎士見習い達に優しくされた。

厳しさもあるが優しさもある。だからこそ、辛《つら》い鍛錬の日々も耐えられたのだ。

叔父らしき男は帰るのか、アッシェンバッハに革袋に入った金を渡している。養育費として支払われるもので、それを受け取ったということは、あの少年もいずれは騎士となるのだ。

「新しい騎士見習いですか？」

去っていく男を、不安げに見送っていた少年は、ラドクリフの声に驚いて振り向いた。少年は何を思ったのか、口を半開きにしてじっとラドクリフを見つめている。

「ああ……そろそろラドクリフも出て行くから、新しい見習いを引き受けた。アラン、彼はここで一番年長のラドクリフだ」

少年アランに優しく声を掛けるアッシェンバッハの髪はすべて白髪だが、その動きはまだ老人のものではない。ラドクリフはかなり剣の腕を上げたつもりだが、それでもまだアッシェンバッハには三本のうち一本、勝ちを取れるかどうかだ。

来たばかりの頃は優しいが、そのうちにどんどん厳しさが増していく。中には泣きながら、ここから逃げ出していく少年もいた。

けれど戦場では、逃走するような者を待っているのは死だ。厳しく教えてくれるのは、アッシェンバッハの愛でもあった。

「アラン、何をそんなに見つめている？」

まだぽかんと口を開いたままだったアランの顔は、アッシェンバッハの言葉でみるみる赤くなっていった。

「すみません。この人は本当に僕らと同じ騎士見習いなんですか？」

子供はおかしなことを言うものだ。そう思って、ラドクリフは鷹揚《おうよう》に微笑んでみせる。するとアランは、慌てて視線を外しながら呟いた。

「叔父の邸に祀《まつ》られている、女神像にそっくりです。僕は、あなたが女神に見えました」

「それは女神に対して失礼だよ。私は……男なので、女神にはなれないな」

困ったようにラドクリフが答えると、アッシェンバッハは体を揺すって笑い出す。

「さ、アラン。ここに来て最初にやることは、井戸水を汲《く》み上げ、厨房にある水瓶《みずがめ》を常にいっぱいにしておくことだ。慣れないうちは手間取る。すぐに掛かりなさい」

「もう働かされるのですか？」

「そうだ。働く。それがすべて、鍛錬に繋がる」

まだ何か話したそうにしていたが、アランは肩を落としてその場を去っていく。

たかが水汲みと思うかもしれないが、幼い身には重労働だ。けれどその重労働が、強靭《きょうじん》な肉体を作る元となる。

「さて……困ったことだな、ラドクリフ」

改めてラドクリフに向き合ったアッシェンバッハは、その顔をじっと見つめて悲しげに呟く。

「何をお困りですか？」

ラドクリフは首を傾げて、師を見つめた。

「何をやらせても優れているが、困ったことにラドクリフは美しすぎる」

「そんなことはありません」

ラドクリフは思ってもいなかった師の言葉に恥じらい、頰を染めた。

実った麦のような黄金色の髪、白磁の器のように白い肌、そして潰したばかりの苺《いちご》を塗りつけたような唇は、美しいとしか表現しようのないものだ。

けれどラドクリフには自分が美しいという自覚はないから、誇るつもりなど微塵《みじん》もなかった。そんなことよりも、より剣の腕を磨くことのほうが重要だと思える。そのために、こうして日々鍛錬を積んでいるのではなかったのか。

「限られた世界で、鏡を見ることもなく過ごしているから、自覚がないのも無理はないが」

ここには師のアッシェンバッハと、騎士見習いの少年と若者が数人、それに料理や掃除をする下働きの男が一人いるだけだ。

たまにアッシェンバッハは、ここを卒業した若い騎士を呼び寄せ、ラドクリフ達の稽古《けいこ》の相手をさせている。また、同じように騎士を養成している処を訪ねて、稽古試合を申し込んだりしていた。

そんなこともあるので、ラドクリフだって全くの世間知らずというわけではない。

自分が他の若者より、剣術の腕で勝っているのなら誇らしいが、顔の美醜で自分という人間を判断されても、それは嬉しいことではなかった。

「顔など、どうでもいいように思いますが」

「どうでもいいものか。美しさはときに災厄を招く。誘惑は多いだろうが、若いうちはそれを退けるのも難しい。戦場で王のために死ぬことは騎士にとって名誉だが、寝台の上で愛欲のもつれから命を奪われるようなことになったら、もはや騎士の資格もない」

これまで様々なことを教えてくれ、尊敬している師の言葉だったから、ラドクリフは素直に聞いていた。そのうちに疑問が浮かんできて、師の言葉がまだ続くかもしれないのに、非礼と知りながら思わず訊《たず》ねてしまった。

「騎士は、ただ強いだけではいけないということですか？」

「そのとおりだ。ここにいる間は、武術や戦術を学ぶだけでよかったが、外の世界に戻ったら、内なる敵、人間の邪心とも戦わねばならぬ」

「邪心……」

「まだ純潔な身では分からないだろうが、人には肉欲という恐ろしいものがある」

「……」

その欲だったら、ラドクリフにもすでにあった。

眠っているときに興奮するのは、夢魔のせいだと言われている。夢魔を退けるには、馬の陽物の干したものを寝台にぶら下げておけなどと言われるが、生憎《あいにく》とラドクリフはそんなものを持っていない。

そのせいで夢魔には苦しめられていた。

「ラドクリフ、路傍に質素な花と、大輪の花があったとする。おまえはどちらを摘むだろうか」

「花など摘みません」

即座に答えてしまったことを、ラドクリフは反省した。これは喩《たと》えであり、本当に花を摘むという話ではなかったのに、まるで自分が花を摘む女のように思われたのかとむきになってしまったのだ。

「すみませんでした。答えになっていませんでしたね。多分、大輪の花を摘むと思います」

「うむ、正直だな、ラドクリフ。喩えるなら、その大輪の花がおまえなのだ」

花になど喩えられたくない。そう思ってしまうのは、女のような姿だと言われることが多いせいだ。

自分が美しいと思ったことはないが、女のような顔立ちなのだというのは、これまで言われ続けて自覚はある。

「崇高な魂を持っていても、それを取り出して見せることは出来ない。人はまずおまえの魂よりも、その美しさばかりを見るだろう。そして誰もが、褥《しとね》におまえを誘いたいと思うのだ。様々な誘惑の手が、伸びてくるだろうな」

「そんなものに負けたくはありません。どうすればいいのでしょう……」

「その身を守りたければ、神に貞節を誓うか、愛に殉《じゅん》じてただ一人にしか身を任せないと、心に強く念じることだ」

「師のお言葉とあれば、そのとおりにいたします」

それしかラドクリフに答えられる言葉はなかった。

「今はまだ……何も知らないからそう言える。愛欲の波に呑み込まれたら、まずは溺れないようにするしかない。そうはいっても、これればかりはどんな修行より難しいからな」

このときのラドクリフは、まだ恋をしたことなどなかったから、師の言葉は大げさだと思った。そして、自分は決してそんな波に呑み込まれることはないと思っていた。

　修行はまず水汲みから始まったのだ。アランがよたよたと水を汲み上げる姿を見ながら、ラドクリフは懐かしく昔を思い出す。

「辛いだろうが、頑張れ。単純な作業だけれど、それを繰り返すことによって、剣術や槍《やり》術をこなせる腕力が付くんだ」

　アランが来て五日になる。修行に耐えられない者は、このあたりから途端に元気がなくなるものだが、アランはよく耐えていた。

　水をどんなに汲み上げても、大きな瓶をいっぱいにすることはなかなか出来ない。すると最初は零《こぼ》してばかりいたのに、自然と仕事は丁寧になり、零さないよう工夫をしていく。

　誰にも教えられていないのに、五日でこの要領を覚えているアランは見込みがある。側で見ていたラドクリフは、アッシェンバッハにそう報告することになるだろう。

　年長の者は、年少の者の生活全般を指導する。それまでは乳母や侍従によって甘やかされていた貴族子弟にとって、自分のことを自分でやるのが実は大変なのだ。

「ラドクリフ様、もうじき、お城に行って、騎士になるって本当ですか？」

「そのつもりではいるが……まだ迎えは来ないようだな」

「そうですよね。最初から、そのつもりで修行されているんですもの。いつかはここを出て行くんですね」

寂しそうにアランは言う。まだここでの生活に慣れていないので、優しいラドクリフがいなくなったらと不安になっているのだ。

いつまでここにいるとは約束出来ない。明日にでも、戦地に赴くことになるかもしれないのだ。

アランの不安が的中したのだろうか。そのときラドクリフは、馬に乗ってこちらに近づいてくる人影に気が付いた。

手には王国の旗を掲げている。あの出《い》で立《た》ちは、王からの伝達を請け負った者の姿だ。

「アラン、すまない。本当に迎えが来たみたいだ」

驚いたアランは、水を汲み上げたばかりの桶を放置して、急いでラドクリフと共にこちらに向かってくる人影に目を向ける。

「あれが、城からの迎えなんですか」

「そうだよ。深紅の旗に、獅子と花が描かれているだろう。あれがこの国、『オルランド王国』の旗なんだ。あの旗を持って旅する者は、王の使者だ。決して、粗略に応対してはいけない。アッシェンバッハ様に、使者がいらしたと知らせてきてくれ」

「は、はい」

ついに迎えが来た。この瞬間を、何年も待っていたのだ。

自分は王に相応《ふさわ》しい騎士となれるだろうか。期待でラドクリフの胸は膨らむ。

ここでの生活が辛いわけではない。けれど互角に戦える相手もいない今、早く外の世界に飛び出して、自分の力がどれほどのものか確かめてみたいではないか。

全員で使者を出迎える。すると使者は馬から下り、恭《うやうや》しく旗を預けてきた。それを受け取るのはラドクリフの役目だ。そして使者は宮中から預かってきた書面を、高らかに読み上げる。

「オルランド王国国王、サイラス三世陛下よりのお達しである。ラドクリフ・オーソン、貴殿は指定された日時に、王城の広間において、騎士の宣誓を受けるように。異存があれば、この場で申し出よ」

「異存はありません」

ラドクリフは軽く拳《こぶし》を握った右手を、左胸の上に押し当てる。これがこの国では、騎士となる男達の了承の合図だった。

使者は読み終えた書面を、この城の領主であるアッシェンバッハに預ける。そこで儀式は終わった。

その後、礼として、客用の広間で使者に食事を提供する。新鮮な汲み上げたばかりの水、ここでは滅多に飲まれることのないワイン、干し肉とパン、それにチーズや野菜料理などを並べて、使者を饗《きょう》応《おう》するのだ。

ラドクリフは先輩の騎士達がしてきたように、オーソン子爵家からという名目で、使者に礼金をこっそり手渡した。使者は満足そうに頷《うなず》くと、ラドクリフに笑顔を向ける。

「美しくなられましたな。きっと戦場の華となりましょう」

兜《かぶと》を被って戦うのだ。美しさなんて何の意味もないと思うラドクリフは、曖昧《あいまい》な微笑みを浮かべるしかなかった。

「戦況はいかがでしょうか？」

アッシェンバッハの問いかけに、使者は渋い顔をした。

「一進一退といったところですな。敵方も損失は大きいでしょうが、当方もかなり痛手を受けました」

「王が戦地からお戻りになられて、しばらくは平和でしょうね」

「冬麦の収穫時期なので、農民出身の兵達も家に帰さないとなりませんからな。このまま和平条約が結ばれればよろしいが、醜王エドモンドが戴冠してから三年、ますます状況は悪くなっております」

隣国『バルスカント王国』の若き王は、醜王と呼ばれて恐れられている。幼少期に重度の火傷《やけど》を負い、半身に醜い引き攣《つ》れがあるからだ。

けれどこの時代、怪我や病で体を損なった者など無数にいる。エドモンドもただ外見が損なわれただけなら、こうも恐れられはしなかっただろう。

エドモンドを醜王と呼ばせているのは、その残虐性にある。帝位に就くために、父王を殺したのではないかと噂されているが、それだけではない。少しでも自分と意見の異なる者は、ことごとく処刑してしまうのだ。しかもその処刑方法は残虐で、醜王に処刑されるくらいならと、先に自決してしまう者が多数いるという。

「ですが、もう二、三年が勝負でしょう。醜王があまりにも些細《ささい》なことで側近を次々と殺してしまうから、あの国にはもうまともな意見を口に出来る者はおりません。醜王一人で戦を仕切り、国政を統《す》べることは不可能でしょうな」

良い王は、臣下と民を大切にする。そうラドクリフは教わった。けれど隣国の王は、無慈悲な上に好戦的で、外見どおりに中身も醜い男のようだ。

そんな醜王が相手だったら、心おきなく戦える。敵にも慈悲を掛ける必要があるのかと、悩む必要は全くなかった。

　使者が饗応に感謝の言葉を述べ、旗を受け取って帰路に着くと、アッシェンバッハはすぐにラドクリフの従者となる者を選び出した。

　騎士の従者となるのは、平民でありながら騎士になりたいと望む者達だ。騎士の下で従者として十分な働きをすれば、王の目に留まって正規の騎士になれるかもしれない。僅《わず》かの望みではあるが、野心があり、腕に自信のある者にとっては、唯一の出世の機会だった。

　アッシェンバッハはそういった、従者になりたい者も教えている。中にはここで修行を積んだ後、傭兵《ようへい》となって名を売った強者《つわもの》もいた。

「トマスを従者にするといい。野心があるから、戦場ではよく助けてくれるだろう」

　トマスは近隣の村の農夫の三男で、農地を継ぐこともなく、一生長男の農奴となる生活を嫌い、従者見習いを志願した者だ。

　そういった若者にとって、戦乱の世は好機だろう。呼ばれてすぐにやってきたトマスは、嬉しいのかやたら興奮した様子で、今すぐにでも戦場に赴くかのような勢いだ。

「ラドクリフ様、俺のような者を指名してくれて、ありがとうございます。何があっても、お守りいたしますから」

　いや、守るのは私ではなく王だと思ったけれど、ラドクリフは優しく微笑む。

「共に、王のために戦おう」

「はい、すぐに支度《したく》を調えますので」

いそいそとトマスが出て行くと、アッシェンバッハは深いため息を漏らした。

「いよいよラドクリフも、王に謁見《えっけん》して正騎士となるのだ。武運が続くことを祈っているからな」

「はい」

戦いの合間に、王は新たな騎士を迎え入れる。それは騎士が数人亡くなったからだとは、あまり考えたくないところだ。

今は一つの大きな戦いが終わり、仮の停戦となっている。この間に王は城に戻り、留守にしていた間に出来なかったことを片付けるのだ。その中には、新たな騎士の認証という仕事も混じっている。

「よく学んだ。ラドクリフは最高の弟子だった。もう私に教えることは何もない。残念なことに、人の心というものは、誰からも教えられるものではないから、自身で学んでいくがいい」

師はそう言うと、ラドクリフを抱き締め、祝福してくれた。

ラドクリフは、六年暮らした居室の荷物を片付け、従者のトマスを連れて城へと向かう。

ここからが、ラドクリフの本当の人生の始まりだった。

　約束された日時に出向くと、王城には数人の若者が、騎士の宣誓を行うために集まっていた。皆、貴族の子弟か、それなりに領地を持っている領主の息子だ。それ以外の者が騎士となるには、トマスのように従者になるか、まず雑兵として戦に参加し、戦績を上げて王に認められることが必要だった。騎士として宣誓を受けなくても、兵として参戦したいという連中もここに来ているが、皆、見るからに強そうだ。体も大きく、傷などもあって強面《こわもて》だった。

　彼らは貴族の子弟をちらちら見ては、時々意味もなく笑っている。親の威光で騎士となったが、戦場に出たら使い物にはならないと内心バカにしているのだろう。

「戦場に女も行くのか？　そういう国もあるらしいが」

　聞こえよがしにラドクリフに向かって言ってくる者がいる。けれどラドクリフは、聞こえないふりをした。

　顔立ちは確かに女のように美しいが、何人も騎士を育てたアッシェンバッハが、もっとも優れた教え子と認めてくれたのだ。決して自分の実力が、彼らに劣るとは思えなかった。

「家で刺繍《ししゅう》でもしていろよ。そのほうがお似合いだ。甲冑《かっちゅう》なんかより、ドレスのほうがずっと似合うぞ。それとも、まさか本当に男なのか？」

　頭一つ、皆より大きな男が、しつこく言いながら、徐々にラドクリフとの距離を縮めてくる。その鼻っ柱を殴ってやりたいが、さすがにこんなときに揉め事は起こしたくない。

しばらくの我慢だった。騎士の宣誓の後で、王の前で模擬試合が行われる。そこでラドクリフは、その顔に似合わない実力を示せばいいだけだ。

広間にファンファーレが鳴り響く。いよいよ王の登場だ。ラドクリフは期待に胸を膨らませながら、長いケープを引き摺《ず》って現れた王の姿を見る。

そして自分の目を疑った。

父から聞いていた王の姿と、あまりにも違っていたからだ。

こんなに若い筈《はず》がない。玉座にいたのは、ラドクリフとたいして年も違わないような若者で、黒髪に青い瞳の美しい男だった。

「本日、諸兄の宣誓の場に居合わせることを名誉に思う。残念なことに王サイラスは、病に伏している。代わってこの私、皇太子アルマンが認証を行うが、国家、及び国王に宣誓したこととなる。異議ある者は？」

アルマンは鋭い光を放つ目で、集まった者達を見回した。

ラドクリフは、どうせなら王ではなく、今すぐにこの皇太子に仕えたいと突然思ってしまった。

堂々と話すその姿は、居並ぶ男達の誰とも違う。まさに王の風格を身に纏《まと》っていた。いずれ王が亡くなれば、正式に王位を継承するのだろうが、今でも十分に王らしい。

この皇太子のためなら、命を捧げても惜しくない。彼と戦場で馬を並べられたら、それ以上の名誉はないだろうと、ラドクリフは胸をときめかせていた。

何とかして、皇太子付きの騎士になる方法はないだろうか。父に頼んでみようかとか、古参の騎士か大臣に相談するべきかと、一人で気を揉んでいた。

そうしているうちに、ついにラドクリフが宣誓を行う番となった。

宣誓文は決まっている。何度も暗誦させられたので、間違えることも忘れることもない筈だ。なのにラドクリフは、アルマンを前にして言葉を失ってしまった。

アルマンもラドクリフの様子のおかしさに気が付いたのだろう。凛々《りり》しい顔に、心配そうな表情を浮かべて、じっとラドクリフを見つめている。

「どうした……ラドクリフ・オーソン。宣誓の言葉を忘れたか？」

アルマンは小声で訊《き》いてきたが、周囲にも聞こえたのだろう。手前の数人が笑っている。

「違います……殿下……。私は、陛下ではなく、殿下の騎士として、宣誓をさせていただきたく思っております」

何と愚かなことを口走ってしまったのだろう。けれどラドクリフは、一目見た瞬間からアルマン以外の誰も目に入らなくなっていたのだ。

「王に忠誠を誓うのではなく、このアルマンに忠誠を誓うというのか？」

「は、はい……」

アルマンも困っただろう。王の騎士の宣誓を聞き届けるために来たのに、いきなり皇太子への忠誠を誓いたいと言い出す者が出てきたのだから。

落ち着いてくると、ラドクリフは自分の愚かさが身に染みて分かってきた。こんなことでは騎士になるどころか、笑い者になって追い出されてしまうかもしれない。

「いいだろう、ラドクリフ。貴兄の宣誓を受け入れよう。だがここは、王のために宣誓をする場だ。後ほど、別の場所で宣誓を行うように」

その言葉が俄《にわか》に信じられず、ラドクリフはまじまじとアルマンを見つめてしまった。

同じようにアルマンも、じっとラドクリフを見つめている。

そのままいつまでも見つめ合っていたかったが、背後に控える聖職者の咳払いがそれを阻んだ。

ラドクリフがその場を下がると、すぐにその背後から声がした。

「そうか……皇太子の愛人狙いか。考えたもんだな。それならその弱腰でも、十分に役に立つってもんだ」

宣誓の場だ。殴ったりしてはいけない。そう思ったラドクリフは、足を止めてすっとその男の背後に立つ。

「個人的な決闘なら、いつでも受けて立つ用意はあるが……この後の模擬試合で、はっきりと決着をつけよう」

「そうか……じゃあ、おまえが負けたらどうする？　皇太子にその体を捧げる前に、初物を戴くとするかな。それとも、もうかなりの数、男を食ってるのか」

声を潜めたつもりだろうが、男の言葉は周囲に筒抜けだった。それを聞いたのか、いきなりアルマンは声を荒げた。

「神聖な宣誓の場を何と思っている。私に忠誠を誓った者を愚弄するのは、私を愚弄することと同じだ。騎士からの忠誠を受けた者は、同じだけのものを返す。私に異心あるなら、ただちに私に向けて剣を取れ」

その場はしんと静まり返る。

大男は慌てて周囲を見回し、自分に対して味方してくれるような者を捜していたが、どこにもそんな奇特な者はいなかった。そこで慌てて大男は、アルマンに頭を下げた。

「殿下、誤解です。ただの悪ふざけで」

「見苦しい言い訳はするな。ここに居並ぶ者は、いずれ共に戦う者。仲間に対する尊敬の念も抱けぬ者に、騎士を名乗る資格はない。ただちに去れっ」

ラドクリフはこの瞬間、自分がアルマンに恋に近い熱情を抱いたことに気が付いた。

何と潔く、男らしい言葉だろう。元はといえばラドクリフの失言から起こったことなのに、忠誠を誓う者だというだけで、守ろうとしてくれる。

きっとアルマンは、戦場でもそうやって仲間を守るのだろう。

だからこそ、王となれる男なのだ。

大男は明らかに不満そうだ。自分の失言で引き起こした結果とはいえ、納得出来ないのだ。

だがこのままでは、宣誓の儀式が進まない。苛立《いらだ》った騎士候補達が、無言のうちに非難の目を向けている。

「そうか……この国では、騎士の資格はその顔の美しさにあるらしいな。どんなに戦場で手柄を立てても、意味はないということか」

またもや暴言を吐きながら、大男は足音も荒く出て行った。

再び宣誓の儀式は始まる。気のせいか、より緊張感は増したようだ。

どうやら騎士候補達も、この宣誓を軽々しい思いで行ってはいけないと身に染みて分かったのだろう。

すべての宣誓が終わった後、ラドクリフは控えの間に呼び出された。そこには疲れた様子のアルマンがいて、ラドクリフを見ると静かに微笑んで見せた。

「美しいのは、貴兄のせいじゃない。それはたまたま神が、気まぐれで与えたものだ。もちろん人というものは罪深いもので、美しいものを見れば心が騒ぐ。あの男の心が騒いだのは仕方のないことだったかもしれないが」

師も教えられなかった人の心とは、つまりこういったことなのだろう。相手のさりげない一言が、こんなにも心を左右する。大男の心ない言葉には怒りを感じたが、アルマンが掛けてくれる言葉には、喜びしか感じられない。

「私に忠誠を誓いたいと言ったのは、何か意味があったのか？」

アルマンはラドクリフの真意を計るように、じっと見つめて訊ねてくる。

「殿下のお姿を見て、そのお声を聞いた瞬間、忠誠を誓うべき相手は、他にいないと思えてしまいました。自分でも、それ以上、どう説明しようもありません」

「そうか……いずれ父が亡くなれば、皆、私の臣下となる。それまで待つことは考えなかったのか？」

「はい……それまでが待てない気持ちでした」

ラドクリフは正直だ。師のアッシェンバッハは、正直は美徳だと教えた。敵を欺《あざむ》く嘘は許されるが、味方を欺くことは決して許されないことなのだ。

「あの男に厳しい態度で臨んだのは、実は理由がある」

そこでアルマンはラドクリフから視線を外し、恥ずかしそうに言った。

「言われたことが、当たっていたからだ」

「……」

「私も愚かな人間の一人だ。貴兄のように美しい男に忠誠を誓われ、いつも側に置くようになったら、聖人のように振る舞えなくなるかもしれない。欲望のままに……愚かな行為を私がしたら、どうする、ラドクリフ？」

「どのようなことでも受け入れます。殿下のお望みのままに……」

それしか答えようがないではないか。

正直に自分の思うままを言ったら、こんな答えになってしまう。

「そうか……ラドクリフ……私に命だけではなく、その肉体も愛情も、何もかもすべて捧げると言うのか？」

アルマンはちらちらとラドクリフの顔を窺《うかが》い見て、確かめるように聞いてくる。

「はい、捧げます、殿下……」

そのままラドクリフは跪《ひざまず》き、アルマンのケープの裾《すそ》を手にして唇を押し当てた。

すると思ってもいなかった甘い陶酔が、全身に広がっていくのが感じられた。

これは何かとんでもない魔法にでもかかったのだろうか。

一瞬で恋に落ちたとしか思えない。

けれどアルマンの目にも、それまでなかった輝きが宿っている。

二人は同時に、恋に落ちたのかもしれない。

そう思わせる輝きだった。

「では宣誓を受けよう……」

立ち上がったアルマンの声も、少し上ずっていた。

アルマンは右手に剣、左手に十字架を持ってラドクリフの前に立つ。ラドクリフは跪いたまま、アルマンの顔を決して見ることなく、厳かな声で宣誓した。

「私、ラドクリフ・オーソンは、神の前で、皇太子アルマンへの終生の忠誠を誓います。皇太子の意に反したときは、死による制裁をも受け入れる覚悟で臨み、この命、真情のすべてを……捧げます」

「ラドクリフ・オーソン。貴殿の宣誓を受け入れ、今より、余の忠実なる騎士とする」

アルマンは剣で軽く、ラドクリフの頭部と続けて右肩、左肩を叩いた。

そしてラドクリフは、アルマンの足先に唇を押し当てる。

性的な興奮に近いものが、ラドクリフの体を熱く燃え上がらせる。

アルマンの騎士になった。この肉体も心も、すべてアルマンに捧げた。そう思うだけで、目眩《めまい》がしそうな幸福感にラドクリフは包まれていた。

「宣誓は終わった。立つといい、ラドクリフ」

手を差し出され、ラドクリフは恐る恐るそれを握る。アルマンの手は、がっしりとしていて力強く、剣を持つ者の手だった。

並んで立つと、アルマンのほうが僅かだが背が高い。体つきは、明らかにアルマンのほうが逞しかった。

「騎士の宣誓をしたからには、ラドクリフは十七か？」

「はい……」

「そうか。私より七つ年下だな」

立たせるために差し出した手なのに、アルマンはラドクリフが立った後もそのままずっと握っている。アルマンの情熱がそのまま伝わってくるのか、手は熱かった。

「今は戦時ではないから、自分の邸に戻ってもいい。望めば、城内に部屋を用意するが……」

訊かれてラドクリフは、もう何年も戻っていない生家のことを思い出した。父も今は帰ってきているだろうが、あの邸に戻りたいという気持ちにはとてもなれない。

それよりアルマンの側を、片時も離れたくないという気持ちのほうが強い。

「城内にて……殿下のお側近くに、この身を置きたいと思います」

言ってしまってから、またもや後悔した。いきなりこんなに心情を晒《さら》してしまっているが、アルマンは不愉快に思っていないだろうか。

「では……居室を一つ与えよう。本日は、これから模擬試合となるが、その後、すぐに居室に入るつもりか？」

「一度、父に挨拶するために邸に戻ります。夜までには、城に戻るつもりでおりますが」

ラドクリフとしては、せっかく居室まで用意してくれたアルマンに対して、非礼のないように答えたつもりだが、アルマンはおかしそうに笑っていた。

何かおかしなことを言っただろうか。騎士の修行はしたが、社交というものは学んでいない。この美しい皇太子に対して、どんな態度でいれば喜ばれるのか、ラドクリフには分からないままだ。

「そうか、夜までには戻るのか。では、模擬試合で、怪我などしないことだな」

「はい。殿下の騎士となったからには、殿下の名誉のためにも負けられません」

「頼もしいな」

アルマンは嬉しそうだ。こうなると、何が何でも期待を裏切るわけにはいかなくなる。

「それでは……模擬試合の行われる、鍛錬場に行くといい。今、私は父の名代だ。模擬試合では、公平に観戦させてもらう」

「はい……」

そのままアルマンの前を下がろうとしたが、まだ手は握られたままだった。ラドクリフがそこで顔を赤らめると、やっとアルマンは笑いながら手を離してくれた。

繋がれていた手が熱い。鼓動はいつになく速く、ラドクリフはこんな状態で戦えるのか不安になってくる。

鍛錬場ではすでに騎士達が、甲冑を纏って準備していた。ラドクリフも急いでトマスに手伝わせ、甲冑を身に纏う。そして出て行くと、皆は驚いた顔をしてラドクリフを見ていた。

何かおかしいだろうか。そう思って点検してみたが、どこにもおかしなところはない。もし違いがあるとしたら、皆の甲冑はほとんどが真新しく、綺麗でぴかぴかしているのに比べて、ラドクリフの甲冑はまるで戦場から今戻ったばかりのように、傷だらけだったことだろうか。

「宣誓の後で模擬試合があると分かっていて、その甲冑ですか？　新しいものを用意できないほど、オーソン子爵は金に困っておいでか？」

どこかの貴族の子弟に言われたが、ラドクリフはただ呆れるばかりだ。平和な時代なら、甲冑に贅《ぜい》を凝《こ》らすのも騎士の愉《たの》しみだろうが、戦時にぴかぴかの甲冑を誇る気がしれない。

「長年使っているもののほうが、体に合っていて動きやすいです」

無難な答えを口にすると、言った男は哀れむような視線を向けてくる。オーソン子爵家は金がないと、勝手に決めつけたようだ。

困ったことにラドクリフは、金に対する欲がない。領地の管理は、留守勝ちな父に代わって母が行っているが、どれほどの収益があるのか知らなかった。

騎士の修行に掛かった費用は、すべて両親が支払ってくれている。他には、自分のための馬と甲冑、武器や武具が必要だったが、それも両親が出してくれた。

アッシェンバッハが用意してくれたそれらのものは、皆、どれも使い勝手がいいので、とても満足していた。だから新しいものが欲しいなどと思ったことは、一度もない。

何か欲しいものがあるかと、今問われたら、ラドクリフの答えはただ一つだ。

信頼に基づく、アルマンの寵愛《ちょうあい》が欲しい。

それだけが今のラドクリフにとって、価値あるものだった。

模擬試合では、剣は木を削った模造刀が使われる。槍も木の棒の先端に、砂袋を括《くく》り付けたものだった。

模擬試合とはいえ、怪我人を出すわけにはいかない。平和な時代でも騎士達による御前試合などはあったが、その頃からやはり模造品が使われてきた。

けれど命の危険がないなどと、侮ってはいけない。槍試合は馬に乗って戦うが、打ち所が悪くて落馬すれば、それだけで大怪我をしてしまうこともある。

傷だらけの甲冑姿のラドクリフに対して、居並ぶ騎士達の視線は冷ややかだ。貧しい貴族のラドクリフが、その美しさだけでアルマンの寵愛を得ようと、必死になっていると思われたようだ。

どう思われてもいい。ラドクリフは観戦しているアルマンの視線を、痛いほど感じる。見られていると思うだけで、ラドクリフは夢魔に襲われたように興奮していた。

こんな危ない気を鎮《しず》めるのに、戦いは向いている。模造刀とはいえ、手にした瞬間、ラドクリフの騎士の魂が目覚めた。

最初の相手は、やたら気取った仕草で剣を構えている。こんなに隙だらけでは、戦場では一瞬でやられてしまうだろう。

ラドクリフは王が気の毒に思えてきた。しばらくの間平和だったのはいいことだが、その間に騎士となるべき者達は、戦いというものの本質を忘れてしまったのではないだろうか。

アッシェンバッハはかつての戦いを経験している本物の騎士だから、戦場の厳しさを知っている。だからこそ、厳しい修行を教え子に課すのだ。

けれど老騎士の中には、指導料をはずむ貴族相手に、それらしい体裁だけ教える者もいるようだ。

その結果が、この対戦相手のような男となるのだろう。

始めの掛け声が聞こえたと同時に、ラドクリフは相手の剣を払いのける。そのたおやかな外見から、まさかそんな豪腕の持ち主だとは思われないのだろう。驚いてぽかんと口を開いたまま立ち尽くす男の喉元に、ラドクリフは模造刀を押し当てた。

「それまでっ！」

審判を務めていた老騎士が、呆然としている男に残酷な一言を浴びせた。

「ここが戦場なら、貴殿の首はもうそのあたりに転がっておりますな」

「オーソン卿《きょう》の美しさに見とれて……」

「言い訳などなさるな、見苦しい。兜を被っているのに、惑わされる道理がない」

「そ、そうでした」

居並ぶ人々の間から失笑が沸き起こる。アルマンも喉を反らして笑っていた。

次の相手は、少しは見所があった。けれどラドクリフは、相手の剣を折ってしまい、苦もなく押さえ込んでその喉元にまた模造刀を押し当てていた。

「オーソン卿は、もう二つも首を取られましたな」

審判の老騎士は嬉しそうに言う。

「さすがアッシェンバッハ卿の教え子……師の顔に泥を塗るような真似はなさらない」

褒《ほ》められてラドクリフは、心から嬉しくなった。

辛かった六年間の修行が、これで報われる。いや、アルマンのために働けて、初めて報われたと思うべきだろうか。

　剣ではラドクリフに敵う者はいなかった。さらに槍試合でも、弓矢でもラドクリフが見事な腕を披《ひ》露《ろう》したので、終わる頃にはもうラドクリフの顔立ちのことを、誰も口にしなくなっていた。

騎士は王と結婚する。

よくそんな言われようをする。

実際には、騎士も領地の城に奥方を迎え入れ、普通の人達のように結婚生活を送っているのだ。平和な時代が続けば、領主である騎士も領地に留まっているから、その間に子育てなどもする。

だがここ数年は、騎士達は王と結婚しているようなものだった。妻や子供の存在すら忘れて、戦の場で王と寝食を共にする。ラドクリフの父も、そうして戦ってきたばかりだ。

もう若くはない父にとって、戦場での数カ月は決して楽な日々ではなかっただろう。久しぶりに会ったというのに、疲れた表情を浮かべた父は、ラドクリフを抱擁することもなかった。

「皇太子の騎士になったのか？」

今日あったことを父に報告しようとしたら、先に言われてしまった。どうやら父は、自分の従者に命じて宣誓の場面を視察させたようだ。

「はい……」

「裏ではいいように言われるだろうが、先見の明はある。王は戦場で矢傷を負い、実はあまり芳《かんば》しくない状態だ」

「そうだったんですか……」

「殿下の機嫌を取っておけば、いずれおまえも出世するだろう。いいことだ」

六年ぶりに戻った息子に対して、父が特別に優しくしてくれるということはない。自身もそうやって修行して騎士になった父は、男は戦場でこそ生きるものだと思っているようだ。

だから邸に帰ってきても、どこか落ち着かない様子で、妻に当たり散らしてばかりいた。そのせいか使用人もびくびくと怯えていて、邸の中はどこか荒《すさ》んだ印象だ。

「父上、私は今から、王城にまいります。殿下より、そう命じられました」

こんな邸だ。出て行くことに寂しさはない。むしろラドクリフも、ここに居場所を見つけられないくらいだ。

「そうか……まさか本当に、殿下の愛人に志願するつもりなのか？」

まだ夜にもならないというのに酒を飲んでいる父は、酔ったのだろうか。ラドクリフがあからさまに嫌な顔をすると、父はいきなり笑い出した。

「ラドクリフ、そんな姿で生まれてしまった我が身を呪え。戦場には女などいない。そうなれば代用品が必要だ。若い雑兵は、すぐに狙われる」

「模擬試合で優勝しました。そこまでの報告は、まだされていなかったのですか？」

「見かけによらず、軟弱ではないと言いたいのか？　まぁ、いい。殿下のものとなったら、他の騎士も迂闊《うかつ》に手出しは出来まい。おまえもなかなか計算高い男だな」

笑っている父を見ているだけで、ラドクリフは不愉快になってくる。同じ騎士でも、アッシェンバッハはいかにも落ち着いた、騎士らしい男だというのに、この違いは何なのだろう。

「騎士は……王と結婚すべきだ。少なくとも王は騎士を裏切らない。夫が留守の間に、他の男を寝台に引き入れたりは、決してしないからなっ」

突然叫ぶと、父は酒の入った銅製のコップを壁に叩きつけていた。

「ラドクリフ、誰に似て、そんな姿になった。おまえの母親は、美しい女ではあるが、この俺をよく見ろ。どこにおまえと似たところがあるっ！」

「父上、落ち着いてください……」

「呪われろ、ラドクリフ。居合わせた男達が、みんな目の色を変えて見ていたそうじゃないか。戦場で、敵兵からも味方からも犯されるがいいっ」

ラドクリフは呆れて何も言えなかった。

我が父とはいえ、この男はこんなにも愚かだっただろうか。

長い間留守にしていたことで、妻の不貞を疑っている。けれどラドクリフも、どうせなら父親は違う男のほうがましだと思えてきて、そのまま自室に引き下がると、荷物をまとめて家を出てしまった。

なるほど、修行している間は、こんなことで苦労することはなかったと、ラドクリフは別れ際の師の言葉に納得した。

アッシェンバッハは穏やかな男で、学ぶことには厳しいが、それ以外で怒ることもなければ、他人の悪口など決して言わなかった。そのせいでラドクリフは、邪心というものを学ぶ機会を失っていたようだ。

アルマンにも邪心はあるだろうか。

いずれそのことに気が付いて、失望することになるのだろうか。

馬に乗って王城に向かいながら、ラドクリフは不安になってくる。自分が初めて心から惹《ひ》かれた相手だ。つまらない男であって欲しくない。アルマンの勇姿を、いつまでも見ていたいとラドクリフは願った。

再び王城に戻ったのは、夜になってからだった。ラドクリフは居室にと与えられた部屋に案内され、すぐに荷を片付け始める。そうしているうちに、アルマンに呼び出された。

またアルマンに会える。それだけが嬉しくて、ラドクリフは案内してくれる侍従について、弾む足取りでアルマンの部屋を訪れた。

「模擬試合の成績は素晴らしかった。私も誇らしいぞ、ラドクリフ。二人で勝利を祝おうと思うが」

ラドクリフを出迎えたアルマンは、ゆったりとした部屋着姿だ。そんな姿ですら、ラドクリフには眩《まぶ》しく見えてしまう。

「もう下がっていい。後は、私の騎士がいるから」

従者にそう命じると、アルマンはラドクリフに自分の近くの椅子を示した。

「寛《くつろ》ぐがいい。あれだけ戦った後で、疲れただろう」

「殿下……模擬試合とはいえ、優勝出来たことは、我ながら嬉しく思います」

「そうだな……。では、祝杯をあげよう」

ラドクリフはすでに用意されていた二つのカップに酒を注ぎ、アルマンと共に飲み干した。

酒はほとんど飲んだことがないので、ラドクリフはむせてしまう。それを見て、アルマンは笑った。

「酒も飲んだことがないのか？」

「はい……修行中でしたので」

この国の若者だったら、ラドクリフと同じような年頃になったら、酒や女を知っていて当然だった。たとえ騎士修行中でも、抜け出して遊び回るような者が大半なのだ。

どうしてそんなことをしなかったのかと訊かれたら、正直に何の興味も湧かなかったと答えるしかない。面白みのない男と思われるかもしれないが、本当にラドクリフにはそういった欲がこれまではなかったのだ。

酔うとどうなるのだろう。体がかっと熱くなってきているが、これが酔いなのだろうか。

アルマンとこの部屋で二人きりというだけで、ラドクリフは落ち着かなくなってくる。

何かが起こりそうな気がしたけれど、では何が起こるのか、ラドクリフにはまだ分からない。

ただどんどん速くなっていく、自分の鼓動を聞いているだけだ。

「見れば見るほど美しい男だ。もっと早くに知り合いたかったが、戦局が厳しくて国に戻ることも出来なかったからな」

アルマンはラドクリフから視線を外さない。見られているというだけで、ラドクリフの気持ちはさらに昂《たか》ぶる。

気を鎮めるために、ラドクリフは質問していた。

「陛下のお加減はいかがでしょう？」

「あまりよくない……」

さらに酒を注《つ》げと、アルマンは命じる。ラドクリフはアルマンに近づき、酒を注いだ。すると体が微かに触れて、そこからまた新たな熱が生まれた。

ラドクリフが狼狽《うろた》えるのを見て、アルマンは楽しんでいるのだろうか。すぐに酒を飲み干し、さらに注がせたが、わざとのように触れてくる。

そこでラドクリフは息を整え、何事もないかのように振る舞った。

「ご心配でしょうね」

「戦場で十分な手当も出来なかったのがいけなかったんだろう。全身に毒が回ったのか、熱が下がらず震えがきている状態だ」

「お気の毒です」

「だが戦というものは、そういうものだ。傷つけば倒れる。倒れれば……それまでだ」

「殿下、戦場で戦うのは、難しいものなのでしょうか？　私にはまだ経験がありませんが、父は帰ってから……何だか荒れていて様子がおかしいのです」

アルマンは頷くと、カップを置いて立ち上がり、今度は長椅子へとラドクリフを誘った。疲れているからゆったりしたいのだろうと、ラドクリフは長椅子には座らず側に立っていることにした。

「どうした、なぜ座らない？」

アルマンは不満そうに言う。

「殿下がお疲れだと思ったからです。私は、大丈夫です。ゆっくりと横になっていてください」

「疲れているんじゃない。ラドクリフ、もっと側にいたいだけだ」

「……では、失礼します」

並んで長椅子に座った。横たわることも出来る椅子だが、やはり大柄な男二人で座ると狭く感じられる。アルマンの体がすぐ近くにあって、ラドクリフはますます落ち着かない。

「怯えているのか？」

「いえ……怯えるなんて……ただ、緊張しているだけです」

「……ふむ……そのようだ」

アルマンはぽんぽんとラドクリフの膝《ひざ》を叩いたが、そのまま手を太股《ふともも》の上に置いたままにしている。そして優しくさすりだした。

「ラドクリフ、自分のことをよく分かっていて、私に庇護を求めているのだろうか？」

「庇護……ですか？　いえ……それはないです。騎士である私が、殿下を守るのでしょう？」

「戦場で美しい男がどんな目に遭うか、父上から聞いたのではないか？」

「いえ……」

いくら正直なラドクリフでも、実の父から敵兵に犯されてしまえなどと罵倒されたことは、とても言えなかった。するとアルマンは心配そうな顔になり、ラドクリフに諭《さと》すように言った。

「戦場に女はいない。それに我が軍は、たとえ敵国の人間といえども、略奪や強姦は禁じている。そうなると、自然、若い兵が性的対象として狙われるんだ」

「殿下、私は師から、そういったことを教えられておりません」

「そうだろうな。老いた騎士の時代には、あまりないことだったから」

「ただ、様々な誘惑があると教えられただけです。師は、神に貞節を誓うか、一人だけに身を任せるよう言われました」

そこでアルマンは笑い出す。何かおかしなことを言ってしまったのかと、ラドクリフは慌てた。

「何かおかしなことを言ったでしょうか？」

「いや、おかしなことじゃない。それでラドクリフは、私に身を任せることに決めたんだな？　違うのか」

ラドクリフは返事に詰まる。

確かにそう言われてみれば、そんな話になっているようだ。

「もっと計算高い男なのかと思ったが、意外に何も知らないいんだな」

「はい……六年修行している間、師と志を同じくする者としか会っていません」

「師は崇高な騎士だったようだ。そうでなければ、ラドクリフを見て惑わされぬ筈がない」

そこでいきなりアルマンは、ラドクリフを抱き寄せて唇を重ねてきた。

何かが起こりそうだと思ったが、それはつまりこういうことだったのだろう。

驚いたラドクリフは、ただじっとしている。騎士の修行はしていても、色恋の修行はしていない。

こんなときにどう反応していいものかも分からなかった。

「そうか……こんなことも初めてなのか」

唇を離したアルマンは、嬉しそうに指でラドクリフの唇をなぞる。

「何も知りません。殿下、私は忠誠を誓いました。命も肉体も、何もかも捧げたいと思いました。拒むつもりはありません。ただ、本当に何も知らないのです。失望なさるかもしれません」

「そんなことはない。むしろ喜んでいる。崇高な騎士が守ってくれていたことにも、感謝したい気持ちだ」

アルマンはラドクリフの髪をかき上げ、額に、瞼《まぶた》にと唇を押し当てる。

そんなことをされると、自然とラドクリフも興奮してきて、同じようにしたくなってきてしまった。

「何だか、胸が苦しいです……」

「そうか。だったら楽にするといい」

アルマンはラドクリフの腰に巻かれたサッシュベルトを解き始める。するとラドクリフの下半身に、一気に変化が起きてしまった。

「あっ……」

「それでいいんだ。恥ずべきことじゃない。騎士は修行僧とは違う。欲望に従うことは、禁じられていない」

「は……はい……」

ベルトが外れると、シャツの前がすっかりはだけてしまう。そこに手を伸ばしたアルマンは、うっとりとした声で呟いた。

「綺麗な肌だ。こんな美しい肌をした男は見たことがない」

「そ、そうなのですか」

「なぁ、ラドクリフ……もし宣誓の場にいたのが王だったら、王にこの身を任せるつもりだったのか？」

「いいえ……まさか、こんなことになるとは、思ってもおりませんでした。自分でもどうしてあんなことを言ったのか分からないんです」

「ならばいい」

そのままアルマンはラドクリフの体に唇を這わせ始める。

乳首を吸われた。そうしている間も、アルマンの手はラドクリフの太股から性器の間を、何度も往復してさすり上げ、さすり下ろしている。

「あ、あ……ああ……おかしくなりそうです。で、殿下は、いつも戦場でこんなことをなさるのですか？」

「そうだな……するかもしれない。成人してからは、ほとんど戦場にいる。慰めの何もないときに、雑用を担う若者を呼び寄せ……目隠しをさせて、こういったことの相手をさせる」

ああ、やはりアルマンにも邪心があるのかと、ラドクリフは悲しくなってしまった。

「そうだったのですね」

「だが、金は払っている。中には最初からそのつもりで、稼ぎに来ている者もいるんだ」

「何だか悲しい話です。心も通わせず、ただ欲望のためだけにするのですか？」

「そんなものじゃないのか？　ラドクリフ、私は……恋も知らない。そういう意味では、ラドクリフと一緒だな」

ラドクリフは思い切ってアルマンの髪に触れ、勇気を出して言ってみた。

「殿下、もし私を愛してくださるなら、命を懸けて殿下を愛します。一目見た瞬間、どうしようもない気持ちになりました。なのにその殿下が、目隠しをさせた、よく知らない男を抱くなんて嫌です」

「私も同じだ。たとえ王といえども、他の男がラドクリフを愛することは許せない」

運命が二人を笑う。

一目で恋に落ちた、愚か者同士と笑ったのだ。

「すべて脱いで、その美しい肉体を私に見せてくれ」

「……はい……」

命じられるまま、ラドクリフは裸になった。燭台の灯りに、色白の肌がすべて晒される。厳しい訓練を受けてきたのに、その肌には傷一つ残っていなかった。

「この美しい肌に、一つも傷を付けさせないと約束しよう……」

アルマンはラドクリフを引き寄せ、その胸元を強く吸う。するとほんのりと赤らみ、痕が残った。

「ラドクリフの体に残していい傷は、私が唇で付けるものだけだ」

さらにアルマンは、一つ、また一つとラドクリフの体に赤い不思議な花を咲かせていく。

「殿下……」

花が一つ、また一つと開いていくうちに、ラドクリフの性器は蜜を垂らし始めた。それをアルマンは指先で受けて笑った。

「体も心も素直だな、ラドクリフ。初夜の褥に移ろうか」

「はい……」

寝台の上に敷かれた豪華な絹織物の上に、アルマンは勢いよくラドクリフの体を押し倒した。そして獣のように荒々しく、その体の上に覆い被さっていく。

「あ……ああ、殿下。これからどうすればいいのです。か、体が……勝手に」

吸われた痕が熱い。性器はもう膨らんでしまって、一刻も早く蜜を迸《ほとばし》らせたがっている。

「すべてを委《ゆだ》ねるといい。痛みも、結ばれるためには必要な通過儀礼だ」

アルマンも着ているものを脱ぎ始めた。そして床に次々と脱いだものを放り投げていく。ラドクリフと同じように、アルマンも興奮していたのだ。

ラドクリフが垂らしたものを手に受けて、裸になったアルマンは自身のものに塗り込める。それでも足りずにアルマンは、唾液を塗って湿らせると、屹立したものをラドクリフの背後の穴に押し入れてきた。

「あっ！」

そんな場所に楽々入るようなものではない。なのにアルマンはこつを心得ているのか、ラドクリフの足を持ち上げて自分の肩に乗せると、何とか押し入ろうとしてくる。

「あっ、ああっ」

「痛いか。耐えろ、ラドクリフ。私の喜びのためだ。耐えてくれ」

「耐えられます、どんなことでも……」

「そうだ、それでこそ……私の騎士だ」

痛みですら至福なのだと、アルマンは教える。

こうして二人一つになることこそが、最高の幸福なのだと教えてくれたのだ。

痛みは徐々に薄れていく。それに合わせるかのように、アルマンの手がラドクリフのものを愛撫し始める。

一方的でない行為が、ラドクリフをますます幸福な気持ちにしていった。

「たかがこんな行為だと思うな……。愛欲のもつれで命を失う者もいる」

アルマンはそう教えながら、優しくラドクリフのものを愛撫し続けた。

「あ、ああ……殿下、こ、このままでは」

「思い切り出せばいい。だがラドクリフ、こんなことを他の誰ともするな。嫉妬などで苦しむのはごめんだ」

「わ、私は、殿下だけのものです……ああっ、殿下……あ、あああ……」

すぐに果てたものの、ラドクリフはこのままずっと終わらないでいて欲しいと思っていた。アルマンのものが、まだそこに入っている間は、終わったとはいえない。ラドクリフはアルマンの体を強く抱き締めた。

「いい具合だ……。ラドクリフ……素晴らしい……」

「殿下を感じます。体の中に、殿下を強く感じます」

「もっと感じろ！　感じてくれっ」

アルマンの動きは激しさを増す。ほどなくしてアルマンも果てたが、そのままラドクリフをすぐに自由にすることはなかった。

その腕にラドクリフを抱き、アルマンは幸福そうにため息を漏らす。

「いい始まりだな、ラドクリフ」

「はい……」

「私達は、もう離れることはない。そうだ、離れることはないんだ」

王と結婚出来る騎士は幸せだと、ラドクリフは思う。

妻達は戦場まで同行することは許されない。どんな場所にも共に行けるのは、王を愛した騎士の特権だった。

こんな関係がこれからもずっと続くといい。初めてのことで痛みはあったが、厳しい修行の間に培《つちか》った痛みに対する耐性が、この程度ではたいしたことがないと思わせた。

「殿下、そろそろお休みになられますか？　でしたら、居室に下がりますが」

いつまでもこうして抱き合っていたいが、そうもいかない。アルマンの健康を第一に考えるのが、仕える者の役目だ。

「何を言ってるんだ？　まさか、あれで終わりだと思ったのか？」

そう言うとアルマンは、またラドクリフをきつく抱き寄せて、その体に唇を押し当ててきた。

「あっ……」

若い肉体は、簡単に次の欲望の火を点けられる。すぐ興奮してしまったことを、ラドクリフは恥じたが、アルマンは喜んでいる。

「愛の欲望に終わりはない。ラドクリフ、恥だと思うな」

「でも……」

「ここはもう修行の場じゃないんだ。思うままに生きてもいいのだから、楽しめ」

「はい……」

禁欲的に生きてきたラドクリフにとって、いきなりのこの変化はあまりにも大きい。戸惑いながらも、元々が素直な性格だったから、こういった自分を受け入れる覚悟を固めた。

たった一人だけだ。アルマンにだけ、自分のすべてを捧げればいい。それは師のアッシェンバッハも、許してくれたではないか。

肌が密着するだけで、どうしてこんなに気持ちが昂《たかぶ》るのだろう。射精を終えても、欲望がそれで途切れることがないのはどうしてなのか。

何もかもがラドクリフにとっては初めての経験で、自分の気持ちの整理も出来ないまま、再びアルマンのものをその身に受け入れていた。

「あっ！」

「痛むか？　他の者にされたら、痛く苦しいことでも、私とすれば楽しみとなる。そう、体に覚えさせればいい」

「はい……」

自分は今、どんな顔をしているのだろう。アルマンに気に入れられたこの顔が、醜く引き攣った表情を浮かべてはいないだろうか。

ラドクリフは心配になって、アルマンの瞳を覗き込む。

晴れた日の海のような色をしたアルマンの瞳に映った自身の姿は、残念なことに目にすることは出来なかった。その代わりに、アルマンから素晴らしい笑顔を贈られた。

「何をそんなに見つめている」

「殿下の目に、私がどう映っているのか、知りたいのです」

「そうか。その美しさに、魂を奪われそうだが、それ以上に、素直で無垢なラドクリフが愛しい」

「えっ……」

「その身に相応しい、素晴らしい魂をラドクリフは持っている。残念だが、その魂は、どんなに磨かれた鏡でも映し出せない」

姿だけでなく、魂まで愛しいと言ってくれるのか。色恋に長《た》けたアルマンにとっては、そんな台詞《せりふ》は苦もなく出てくるものだろうが、ラドクリフは素直に受け止め頬を染める。

これまで知らなかった幸せだった。もっとアルマンに愛されたい。その思いは強くなっていき、自然とラドクリフの腕もアルマンの体の上を縦横に流離《さすら》う。

アルマンは愛しげに、ラドクリフの唇といわず、あらゆる場所に唇を押し当ててくる。そうして甘く吸いながら、次々とラドクリフの体に赤い小さな花を咲かせていった。

一度果てているせいか、アルマンには性急さがない。その分、もっとじっくり楽しみたいというのが伝わってきた。

「あっ、ああ……こんな喜びがあったなんて……」

アルマンの手によって、再びラドクリフのものの先端から蜜が滴《したた》ってくる。苦しさと甘さの中で、ラドクリフは目を閉じ、ため息と共に喜びの飛沫を迸らせていた。

醜王、そう呼ばれることに、エドモンドは何の抵抗もない。自分の醜さを嘆いていたら、生きることの半分以上は楽しめなくなってしまう。醜王と嘲笑《あざわら》うやつらは、二度と笑えないようにしてやれば、気も晴れるからそれでいい。

父は狂王と呼ばれていたが、それよりはましだ。

五歳のとき、燃えさかる炎の中に、父はエドモンドを投げ入れた。恭順を示さなかった、確かそんな理由でだったと思う。

重度の火傷を左半身に負ったが、どうにか命を取り留めた。そして成長していくうちに、まともな右半身が美しさを増し、余計父の蛮行に対する憎しみも育っていった。

猜疑《さいぎ》心が強く、専横的な父によって、散々振り回されたが、それも終わればどうということはない。

しっかり借りは返した。エドモンドは二十二歳になったとき、流行病になったという理由で父を幽閉し、その後で生きたまま焼き殺したのだ。

残念なことに、もっと苦しめたかったのだが、案外あっさりと父は死んでしまった。死ぬ前に、炎の中から引き摺り出すべきだったかと、時折思い出しては苦笑いしている。

「何もかも、順調に進んでいる筈だが……」

エドモンドは、目の前に蹲《うずくま》る全裸の若者を見ながら低く呟く。

若者は黒髪で、青い綺麗な瞳をしていた。怯えているがその顔立ちは整っていて、品の良さが感じられる。

両手を革紐で縛られていたが、そんなことをしなくても、エドモンドの前から逃げ出すような勇気は、この若者にはないだろう。

「陛下……お許しください」

美しい瞳から、涙がすーっと流れる。それを見ているうちに、エドモンドは苛立ちを感じた。

「なぜ、自分が罰せられているか分かるか？」

「いいえ……」

「そうか。そうだろうな」

父をこの世から消して、晴れてこの国の王となった。それでエドモンドが満足したかというと、そうではない。

父を殺してまで王になりたかったのには、理由がある。どうしても手に入れたいものがあったからだ。それを手に入れるには、まず王となる必要があった。

「もう何も喋《しゃべ》るな。命じられたことだけ、素直に行えばいい」

そう命じると、エドモンドは着衣の前をゆっくりとはだけていく。

顔は半分、特製の黄金のマスクで覆っている。そして肌を見られることのないように、いつもしっかり衣を着込んでいた。

だから醜王と呼ばれていても、皆がエドモンドの本当の醜さを知っているわけではない。むしろその行いが、その名に相応しくて恐れられているのだ。

「その口は何のためにある？」

「……」

若者は恐怖で顔を引き攣らせ、答えることもままならなかった。無理もない。下手《へた》な答えを口にしたら最後、その場で殺されてしまうだろう。

「今からは、私を楽しませるためにあるんだ。そう学べ」

屹立した性器を取り出すと、エドモンドは若者の眼前に突きつけた。

この若者の名前も身分も知らない。ただその外見が気に入ったから、引き入れただけだ。

若者は隣国の皇太子、アルマンによく似ていた。けれどこうして間近で見ると、それほど似ているようには思えない。なぜならアルマンの持つ輝きや覇気《はき》が、若者にはなかったからだ。

「あんな者がいるからいけない」

無理に口をこじ開けて、エドモンドは性器を押し込む。若者はむせながら、それでも死から逃れるために必死でそれらしいことをし始めた。

五年前、国境となっていた河川の氾濫《はんらん》の事後処理で、父の名代《みょうだい》としてアルマンはこの国を訪れた。その姿を一目見て、エドモンドの胸は震えたのだ。

恋をしたのだろうか。いや、そんな単純なものではない。堂々としたその美しい姿を見て、真っ先に思ったのは、この男を奈落に突き落としてやりたいというものだった。

エドモンドが持つべきだったものを、何もかも持っているアルマン。美しく、誰からも愛され、称讃されているアルマン。

気に入らない。そんな者は、奈落に一度落ちて、輝きをすべて闇色に塗り替えるといい。

だからエドモンドは、隣国を手に入れようとしている。

戦に負けて、虜囚《りょしゅう》となったアルマンが、こうして自分の前に跪く瞬間を、エドモンドは何よりも楽しみにして待っているのだ。

「どうした……気持ちがよくないぞ？　そんな役立たずの舌なら、ただちに引き抜いてやろうか？」

「うっ、ううう……」

恐らくこんなことをするのは初めてなのだろう。時折、先端に歯が当たって、エドモンドは苛つく。

ついには性器を引き抜き、若者の顔を思い切り殴っていた。

「も、申し訳ありません。二度と、失敗はしませんから」

「黙れ。余計なことを言うな」

そこでエドモンドは若者を俯せにさせ、背後から一気に貫いた。

「うっ、うわーっ！」

悲鳴を呑み込む余裕もなかったらしい。だが、続けて叫び続けるほど、若者は愚かではなかった。

自分の腕を噛《か》んで、どうにか痛みに耐えている。

「ふん、歯がないだけ、こっちのほうがずっとましだな」

目を細め、エドモンドは目の前にある背中が、アルマンのものだと思い込もうとした。

アルマンはこんなに痩《や》せているだろうか。いや、違うだろう。最近戦場で見たアルマンは、重そうな甲冑を身につけ、馬を巧みに操っていた。あれだけの戦いぶりをするには、それなりに力のある肉体が必要だ。

「あの男は、力も強いのか……」

強いかどうかは、戦場で剣を交えてみれば分かることだが、エドモンドは決して自ら剣を取らない。何も王自ら、命を懸けて戦う必要はないと考えている。

それでは臣下に示しがつかないなどと思うだろうが、恐怖による支配を徹底すれば、刃向かう者などいなくなる。むしろ生き延びるために、忠実な臣下となっていくのだ。

「ああ、尻穴の締まりはいいいな」

その部分の締め付けてくる程よいきつさが、エドモンドの射精を促した。

「んっ……んん」

低く呻《うめ》いて射精した後で、エドモンドは目の前にある黒髪にじっと目を注ぐ。ここで首を切り落とし、飾って眺めている間に、少しはアルマンに対する苛立ちも収まるだろうか。

いや、それよりまたアルマンに似た男を捜すのは面倒なので、とりあえずこのまま側に置いておこうかと、珍しくエドモンドはまともな結論に達した。

小姓も侍従も、気に入らないとすぐに殺してしまうのがエドモンドだ。最初のうちは清々《せいせい》したが、この頃では使えない者ばかりが増えて、余計苛立つことが多くなった。無駄なことをしていると、やっと気が付いたところだ。

この男の体は悪くない。しかもあまり泣き言を口にしないのもよかった。

「名前は何と言うんだ？」

名前があるように、それぞれの人間には人格があるなんてエドモンドは考えない。また欲望が兆《きざ》したとき、呼びつけるのに便利だから名前が必要なだけだ。

「ダリル・ドーソンです……」

「そうか。このまま生かしておいてやるから、呼ばれたらすぐに駆けつけろ」

「小姓になれとの思《おぼ》し召《め》しでしょうか？」

「ああ、そうだな。小姓なら、いつでも呼び出せる。そうしろ」

たまたま城内を歩いていたことと、隣国の皇太子アルマンに似ていたことが、ダリルにとっては不幸の始まりとなった。

生きていたければ、黙って命じられたことに従うしかない。

「陛下、よろしいでしょうか？」

そこに宰相《さいしょう》のデモンズがやってきて、慇懃《いんぎん》な態度で申し出てきた。

「ん、ああ。その者は、伽《とぎ》専用の小姓だ。もっと何か食べさせて、いつも身綺麗にしておくようにしてやれ。痩せすぎだ」

「畏《かしこ》まりました……」

すぐに影のような侍従達がやってきて、蹲ったままのダリルを助け起こし、室外へと引き摺り出していく。

宰相はエドモンドのことを誰よりもよく知っている。性欲が収まっている間は、いつもより激昂することは少なく、まともに話を聞く余裕があると分かっていたのだ。

「隣国より……秘密の客人がお見えです」

「そうか。通せ……」

許されて入ってきたのは、外套《がいとう》のフードをすっぽり被った、まるで修行僧のような形の男だった。

男はエドモンドの前に跪くと、フードを外し、すり寄ってきて足に唇を押し当てる。

赤茶けた髪の太った醜男で、鼻先は蜂にでも刺されたかのように赤くなっていた。

「偉大なる国王、エドモンド様」

「そんな陳腐な挨拶は無用だ。それより、現状を話せ」

「はい……国王は、矢傷が元で、いずれ儚くなるでしょう」

「そうか。そのようにし向けたというわけか」

この男は、自国を売ろうとしている。国の支配者が変わろうとも、自分の利益さえ確保されればそれでいいと思っている利己主義者だ。

きっと王や皇太子アルマンに対して、屈折した思いを抱えているのだろう。今は利用価値があると思うから、エドモンドは厚遇してやっているが、内心は軽蔑していた。

「では……いよいよ、皇太子が即位だな」

「はい……その皇太子ですが……最近、ついに弱点が見えました」

「ほう？　弱点か」

完璧のように思えるアルマンにも、人並みに弱点などがあるらしい。それを聞いて、エドモンドは続きを知りたくなる。

男はもったいぶるようなことはしなかった。エドモンドを喜ばせたいためか、饒舌《じょうぜつ》に語り始める。

「皇太子は最近、仕えさせるようになった騎士、ラドクリフ・オーソン卿に夢中なのです。昼夜を違《たが》わず、部屋に引き入れて、交合を繰り返しておりまして」

「……どんな騎士だ」

「金色の髪をした、美しい男です。傍《はた》で見ていても恥ずかしいほどの、恋狂いをしております」

あのアルマンが、騎士に夢中になるなんて、俄に信じがたい。この停戦期間に、どこかの姫君と結婚したというなら分かるが、相手は騎士だというのか。

妻を娶《めと》ったと言われても、エドモンドはふーんと軽く聞き流しただろう。

先王に妻は五人もいて、とりあえずエドモンドの次に世継ぎとなりそうな子供を育てるのに、それぞれが夢中になっていた。

彼らはエドモンドにとって家族なのだろうが、愛情などというものはない。そもそもエドモンドは、愛情なんてものを信じない人間なのだ。

だからアルマンが、騎士に恋していると聞いても、すぐには信じられなかった。

騎士とは、報償目当てに戦う者ではないのか。戦場に女はいないから、若い兵達が性処理の対象として狙われるのは、どこの国でも同じだろうが、それとは違うのだろうか。

エドモンドは、その美しい騎士をここに連れてきて、アルマンの目の前で散々に陵辱した後、切り裂いてやる場面を想像した。

すると先ほど情欲を満たしたばかりだというのに、またもや兆してきて落ち着きがなくなってくる。

「あの男を人質に取れば、皇太子もいいように扱えましょう。その手筈は、私が整えますので、どうか陛下……」

「ああ、分かった。そのために金が必要か？　デモンズ、支払ってやれ」

金が欲しくて、嘘を吐《つ》いているのではないだろうか。エドモンドはまず疑う。けれど男にしても、危険を冒してここまで来ているのだ。見え透いた嘘では、自分の命が危ないということも、よく分かっているだろう。

では嘘ではないのだ。

あのアルマンが恋をしている。そう聞いただけで、こんなに苛立ってしまった。アルマンを思い切りいたぶらなければ、この苛立ちは収まらないような気がした。

「停戦など、しなければよかったか？」

エドモンドは宰相を見て呟いた。

「いいえ、農繁期には、兵士達を家に帰さないといけませんし、次の戦いの兵糧《ひょうろう》にも事欠くようになりますから、停戦期間は必要かと思われます」

「そうだな。その間にアルマンは、麦を刈らずに、騎士と褥に籠《こ》もっているのか」

笑いながらエドモンドは、先ほど追い出したばかりの若者を、再び呼び寄せたくなってきていた。けれどそれを宰相に命じるのに、どうしても名前が思い出せない。

伽を命じる相手ならいくらもいるが、アルマンをいたぶっている気分にさせてくれる者はそういないから、せめて名前くらい覚えてやろうと、珍しく殊勝なことをエドモンドは考えていた。

アルマンはラドクリフを美しく装わせ、常に側に置くようになった。こうなれば二人の関係はもはや隠しようもない。

皇太子は結婚もまだなのに、騎士を愛人にしてしまったと嘆く家臣もいたが、ラドクリフに夢中なアルマンには聞こえていなかった。

城内の庭園を二人は歩く。アルマンはラドクリフの肩を抱き、立木があるとそこに寄りかからせて唇を重ねてくる。

「殿下……」

「夜まで待つのが惜しいくらいだ」

「待つのも楽しいです」

そう言いながらも、ラドクリフはアルマンの体に腕を絡め、催促するように自ら唇をまた重ねた。

片時も離れていられない。夜毎《よごと》体を重ねてもまだ足りず、気が付けば抱き合って唇を重ねていた。

けれど幸福な蜜月は三カ月と続かなかった。新たな戦いが始まろうとしている。戦いから逃れる方法はない。

「ラドクリフ……そろそろ、次の戦いが始まる。三カ月の停戦条約期間も終わりに近づいてきた。このまま終戦に持ち込みたいところだが、相手国はそれを許さない」

「覚悟は出来ております。どこまでもお供いたしますから」

二人がまた唇を重ねようとしたら、枝葉の揺れる音がした。

慌ててラドクリフはアルマンの体から離れようとしたが、逆に強く抱き締められてしまった。

見ると聖職者であり、王の侍医でもあるカイザルが、第二王子のサドエリと共に立っていた。

弟であるサドエリは、アルマンとは似ても似つかぬ外見をしている。太っていて、鼻がいつも風邪を引いたように赤いのだ。

王はラドクリフの父のように、あからさまに妻を疑った発言はしないが、内心ではやはり疑っているのかもしれない。アルマンとサドエリとでは、同じ王子でも扱いが大きく違っている。

そのことでサドエリが不満を抱いているのは、誰の目にも明らかだった。

「殿下、陛下はもう戦場には向かえませんぞ」

カイザルは、悲痛な表情になってアルマンに告げた。

「ご快癒《かいゆ》の見込みは、少なくなりました」

「分かっている。次の戦いでは、私が先陣を切ろう」

「では兄上、出陣の前に、結婚はなさらないのですか？」

サドエリは、いきなり不躾な質問をしてきた。

最愛のラドクリフの前で言われて、アルマンはむっとする。

「そんな予定はない」

「それではもし戦場で、兄上の身に何かあったらどうなさるおつもりです？　王位を継ぐ者がおりませんが」

まるでアルマンに何かあると決まっているかのような言い方に、ラドクリフも心穏やかでいられなかった。それにたとえここでアルマンが結婚したところで、嫡子《ちゃくし》を授かる保証もない。

「心配しなくていい。その問題なら、父と共にすでに後継者を決め、文書にして残してある。何も王の血を引く者でなければ、王になれないというものでもないだろう。もっとも相応しいと思われる者が王位を継ぐべきだ」

サドエリの目が怪しく宙を泳いだ。そこに自分の名前が書かれているのか、気になっているのだろう。

「いや、それならもう何も案じることはありません。兄上の留守中、国を守らねばならない身としては、つい余計な心配を……」

そこでサドエリは醜い顔に作り物めいた笑顔を浮かべ、ラドクリフに向かって言った。

「オーソン卿、近くで見ると、本当に美しい御仁だ。兄上もオーソン卿のような騎士が側近くにいたら、とても妻など迎える気持ちにはならないでしょうな」

にやにやと笑っているが、その視線はラドクリフの全身を舐め回している。アルマンの寵愛が深く、二人がなかなか寝台を出てこないという噂を聞いて、いろいろなことを想像しているのだろうか。

二人はそこで儀礼的に挨拶して立ち去った。アルマンは二人を見送った後、苦々しげにラドクリフに訴える。

「サドエリにだけは、王位を継がせたくない。何を考えているのか、よく分からない弟だからな」

「それには殿下、戦いに勝って無事に帰還することです」

「ああ、そうだな。それが何よりだ」

すぐに戦いは終わり、またこんな平和な時間が訪れる。そう思いたいのに、ラドクリフの中に不安が生まれていた。

アルマンは自分に夢中になりすぎて、何か大切なものを見落としていないだろうか。自分のせいで何かあったらと思うと、ラドクリフの不安はますます大きくなっていく。

けれどアルマンに肩を抱かれて歩くうちに、不安はいつか薄らいできて、代わりに情欲の火が再び燃え上がるのだった。

「部屋に戻ろう」

アルマンも同じ思いなのだろう。散策を楽しんだのはほんの短い間で、すぐにまた居室に戻ろうとしている。

「鍛錬をなさらなくてもいいのですか？」

愛欲にまみれた日々で、体力が落ちていないだろうか。そんなことまでラドクリフは心配してしまうが、アルマンは豪快に笑い飛ばした。

「今更、慌てて鍛錬したからって、腕が上がるものでもないだろう？　それより、平常心で戦いに挑めることのほうが大切だ」

「この状態は、とても……平常心とは思えません」

ラドクリフの言葉に、さらにアルマンは笑い出す。

「そうだな。誰が見ても、恋に浮かれたおかしな状態だ。だがラドクリフ……隣国の醜王は、何が何でもこの国を手に入れたいらしい。醜王の首を取るしか、我々が戦いを終える方法はないんだ。厳しい戦いになる……」

「はい……」

アルマンは死を覚悟しているから、平和に生きているこの僅かなときを、何かで充足させたいのだ。だからこうしてラドクリフと愛を重ねる。戦場で散っても悔いが残らないように、必死で今を楽しんで生きていた。

「ラドクリフに会えてよかった。もし出会えなければ、私は愛を知らないままで死ぬことになっただろう」

「そんな不吉な言葉は、聞きたくありません。殿下、無事に戻って、二人でまた、今のように暮らせると約束してください」

「そうだな……約束しよう」

そこでアルマンは、またラドクリフを回廊の壁に押しつけ、唇を重ねてきた。

「おまえも約束してくれ」

唇を僅かに離し、アルマンは切なげに訴える。

「命をくれると約束したが、私が死ぬまで死んではいけない。ただし私が息絶えたら、ただちに後を追ってくると約束してくれ」

「はい、約束します。殿下が生きている間は、何があっても生きてお側におりますが、その命が儚くなられたら、すぐに後を追ってまいります」

「よかった。ラドクリフを残して死ぬと思うと、戦う勇気が萎《な》えそうだった」

愚かなことだと思われるだろうが、恋することに夢中な二人にとって、それは心からの声だった。

そのまま二人は、もつれ合いながらアルマンの居室に戻った。そして先ほど身に纏ったばかりの衣を、再び手荒く脱ぎ捨てていく。

アルマンの居室には、香りの強い花が飾られている。その香りは情欲を高めると言われているが、そんなものの力など借りなくても二人には十分だった。

しっかりと抱き合って寝台に横たわると、飢えた獣のように互いの唇を貪る。互いの体のいたるところに、唇は移動していった。

そのとき、ラドクリフはふと視線を感じて、入り口に目を向けた。

アルマンの侍従達は、ラドクリフが来てからはすることもあまりない。アルマンの世話はほとんどラドクリフがしているからだ。

一日中睦み合っているのも知っているから、侍従達は余程のことがない限り、呼ばれるまで近づいてはこない。

最初の頃は、そんなふうに気を遣わせることも恥ずかしかったが、今では侍従達とも打ち解けて仲良くしていた。

そんな侍従達がここに来るときは、外でわざと大きな咳払いをする。または歌を歌ったり、大仰《おおぎょう》な詩を大声で読み上げたりするから、二人にもすぐに分かった。

けれど今回の訪問者は気配を消している。こっそりと二人の様子を、部屋の外から盗み見るつもりのようだ。

「殿下……誰かが外に……」

「ああ、分かっている」

アルマンは見られていると知りながらも、ラドクリフを愛撫する手を止めない。いつもと変わらず、愛しげにその肌を吸っていた。

「獣臭いだろ。それで誰かは、すぐに分かる」

「あっ……」

先ほど、中庭で偶然のように出会ったサドエリの姿が、ラドクリフの脳裏に浮かんだ。獣の肉を好んで食べるサドエリは、いつでも獣脂の臭いをさせているのだ。

「昔から、何でも私のものを欲しがるやつだった。きっとラドクリフ、おまえを狙っているんだ」

「そんな……見られてもいいのですか？」

「安心しろ。たとえ弟でも、おまえには指一本触れさせない。ラドクリフは私だけのものだ」

見られていようが、アルマンのものは変わらずにしっかり屹立していた。そこに触れると、ラドクリフも、萎えかけていたものが力を取り戻す。

「上に乗ってくれ」

アルマンの要求を聞いて、ラドクリフは頷いた。たとえ弟とはいえ、もっとも油断しているこんな状態を晒すのだ。万が一を想定して、アルマンは自分の視線が、いつでも入り口に向けられるようにしておくつもりなのだ。

兄が恋人と情交を重ねている姿など、そんなに見たいものだろうか。兄弟のいないラドクリフには、複雑な兄弟同士の確執などというものはよく分からない。

アルマンのような優れた男が自分の兄だったら、ラドクリフは誇りに思うだけだ。

それともサドエリは、敬愛する兄の愛情を奪われ、ラドクリフに嫉妬しているのだろうか。意味不明の凝視をたまにされるが、そうするのも嫉妬からならよく分かる。

「殿下……そのままでいてください」

アルマンのものを口に含み、たっぷりと唾液で濡らした。そしてラドクリフはアルマンの上に跨《また》がり、ゆっくりと体の中に屹立したものを呑み込んでいく。

「んっ……」

甘い痺《しび》れがそこから体中に広がり、ラドクリフはしばし現実を忘れた。

愛し合う二人を邪魔するものは、この城にはいない筈だ。けれど執拗《しつよう》に向けられる視線には、強い悪意が感じられる。

不安になることはない。アルマンを信じて、ここは二人の強い結びつきを、見せつけてやればいいのだ。

「あっ……あっ、ああ……」

腰を蠢《うごめ》かし、アルマンにより多く快感を与えようとしたが、自分のほうがもっと喜んでいるような気がする。

「んっ……んん」

呻くラドクリフの性器を手にしたアルマンは、余裕のある態度でそっとこすってくれ始めた。

「ああ……あ、んっ」

解放までの、苦しいけれど甘い喜びを、ラドクリフは堪能する。見られていることも忘れ、自ら与え、また与えられる快感に酔った。

そのとき、遠くからアルマンの侍従の歌声が聞こえてきた。するとばたばたと慌てる様子がして、不審な気配は途絶えた。

「どうせなら、最後まで見ていけばいいだろうに」

笑いながらアルマンは体を起こし、体位を入れ変えてラドクリフを下に敷く。

「殿下は……気にもなさらない」

「ラドクリフだってそうだろう？　こんなに濡らして……」

性器の先端は開き、透明な蜜が滴っていた。

「見ながら、自分のものを弄《いじ》っていたのか？　哀れなやつだ」

「んっ……ご自分に相応しい人を、探せばいいのに……」

「そうだな。だが、あの男が本当に欲しいものは、いつだって私の持っているものなんだ」

侍従は部屋の入り口に辿り着き、さらに声を張り上げて歌い出す。アルマンは笑いながら、大声でそれに答えた。

「火急な用か？」

「陛下がお呼びです」

「そうか、では、終わりを急ごう」

けれどアルマンは、全く急ぐ気配もなく、いつものように楽しんでいる。そこでラドクリフは、アルマンの気を高めるために、切なげに呻いて体を蠢かす。

侍従に聞かれていると思うと恥ずかしかったが、こんなことで王を待たせることは出来なかった。

王は先の戦いの矢傷が元で、寝付いたままだった。一向に良くなる気配がない。むしろ日々、酷くなっていくようだ。強靭な肉体を誇った王も、老いには勝てないのだろうか。

王の居室には、若い頃の王の勇姿を描いた絵が飾られている。アルマンによく似た美丈夫が、馬に乗り、右手で剣を高く掲げている勇壮な絵だ。

けれど寝台に横たわっているのは、頬骨が突き出た、痩せた白髪の老人で、実際の歳よりはるかに老けて見えた。

アルマンは王に会うのに、ラドクリフを同行している。人払いをして、寝台の近くにアルマンを呼び寄せた王は、ラドクリフも皆と一緒に退室しようとするのを引き留めた。

「王子アルマンに忠誠を誓った騎士か？」

「はい……」

すでに宣誓の後、王に伺候している。けれど王は高熱のせいなのか、ほとんどその日にあったことも忘れてしまうような状態だった。そのせいでラドクリフのことも、初めて見るようにして見ている。

「ラドクリフ・オーソンです。オーソン子爵家の嫡男《ちゃくなん》です」

あえてラドクリフは、一度伝えてあることを再び口にする。すると王は、初めて聞くように頷いた。

「そうか、オーソン子爵家の者か。オーソン卿は、勇気のある騎士だ。うむ、良い、騎士だ」

このところ、うつらうつらと寝てばかりいる王が、今日はいくらか意識もはっきりしているようで、アルマンを近くに呼び寄せると、その手を握って囁《ささや》いた。

「アルマン、我が息子よ。弟のサドエリは、あれは、余の実の息子ではない」

「そんな世迷い事を言うために、わざわざ私を呼び寄せたのですか？」

アルマンはそんなことを言う王がおかしいといった態度を示したが、それは弟に対するせめてもの思いやりからだろう。

「世迷い事ではない。あれは……取り替えられたのだ」

「取り替えられた？」

「うむ。当時いた余の愛妾が、乳母を金で誑《たら》し込んだのだ。アルマンに次いで、また王子が生まれたことで、后《きさき》への愛情が増したのを恨んだのだろう。生まれてすぐの頃に、気付かぬうちに別の赤ん坊と取り替えられた」

ラドクリフは用心しながら周囲を見回す。こんな話を誰かに聞かれたら、大騒動になりそうだ。すぐに剣を手にして、部屋の外で立ち聞きしている者がいないか確認を急いだ。

さっきは覗き見していたサドエリも、ここまでは追ってこなかったようだ。誰もいないことを確認して、ラドクリフはほっと大きなため息を吐く。

「余は、サドエリが育つにつれて、あまりにもその姿が誰にも似ていないので、后を責めた。后もそれを気に病み、いつか本当に病となって儚くなってしまったのだ。后が亡くなった後、乳母は自分の罪を悔やんで川に身を投げたが、その前に余にだけ事実を知らせてきたのだ」

「もう過ぎたことです……ご自身を責めることはありません」

　優しくアルマンは言っているが、母親を早くに亡くしたことで、寂しさや辛さも味わっていただろう。父王を責めたいだろうが、決してそんなことをしないのがアルマンなのだ。

　これでサドエリが、あまりにもアルマンに似ていない理由は分かったが、ではその取り替えられた王子はどこに行ったのだろう。すぐに殺されてしまったのだろうか。

　嫉妬という醜い感情が、幼い子供の命を奪ったのかと思うと、ラドクリフは悲しくなる。

　戦などなければ、王も后を疑わずに済んだ。悲劇の発端は、すべて戦にあるのだ。

「何があっても、サドエリを玉座に座らせてはいけない」

　王は震える手で、アルマンの頬に触れる。

「あれは、邪心のある者だ」

「サドエリは、自身の出自を知っているのでしょうか？」

「……知っているだろう。だが、今更、城を追い出すわけにもいかぬ。もっと早くに、修道院にでも送ってしまえばよかった」

　王としても、やはり失った息子を悼《いた》む気持ちから、代わりに与えられた息子を愛そうとしたのだろう。けれどそんな気持ちが、裏切られたと今は思っているようだ。

「オーソン卿、アルマンを……余の息子を守ってくれ」

「はい。この命に替えても、お守りいたします」

「それを聞いて安心した。サドエリが本当の息子だったら、アルマンを助けて国を支え、何の心配もないと思ったが……」

そこで王は、力なく咳き込んで目を閉じた。

「父上、無理をなさってはいけません」

「うむ……」

伝えたいことを話せてほっとしたのか、王はそのまま眠ってしまった。薄くなった胸がゆっくり上下するのを見ていたアルマンは、大きなため息を吐いた。

「ラドクリフ、私は悪意というものに不慣れなんだ」

ラドクリフとアルマンは、そこで互いの目を見交わす。

「人に対して、悪意というものを抱いたことがない。だから私には……どうすべきか分からない」

サドエリは息を潜め、二人が睦《むつ》み合っている様子を見ていたが、その間何を考えていたのだろう。

どれだけの悪意を持って盗み見ていたのか、考えれば考えるほど、背筋を冷たいものが走った。

戦が再び始まる。停戦は休戦には結びつかなかったのだ。隣国王エドモンドは、どうしてもこの国を手に入れたいらしい。

広場に集まった騎士や兵を前にして、アルマンは再戦の決意を熱く語った。

「しばしの平和を、皆は楽しんだだろうか。私は楽しんだ。何と素晴らしい時間だっただろう。私は、また平和を楽しみたい。それには……隣国の不当な要求を退け、恒久的な勝利を得るのみだ！」

アルマンに和して、居並ぶ男達が雄叫《おたけ》びを上げる。

壇上で語るアルマンは、昨日までのアルマンではない。戦支度に身を包み、王の代理として皆の頂点に立つ男となった。

寝台の上で、甘い言葉を交わしていたのが、遠い日のことのようだ。

ラドクリフも久しぶりに重たい甲冑を身に纏い、騎士達と共に並んでいる。

王となる男と結婚した騎士だ。ただの愛人とは違う。アルマンのために戦うと決めているのに、あまりにも平和で甘美に時が過ぎたので、出陣の前だというのに気分は高揚することもなく、落ち込んでいる。

こんなことではいけない。ここで負けたら、アルマンは捕らわれ、処刑されてしまうだろう。あの甘美な時を取り戻すには、戦って勝つしかないのだ。

出立《しゅったつ》を見送る人々で、広場は埋め尽くされていた。騎士にも兵にも、それぞれ家族がいる。それは敵兵も同じだ。一人でも悲しむ人が出ないようにするには、戦いを早く終わらせるしかないが、そのためにラドクリフは何が出来るのだろう。

国境近くの戦場までは、三日掛かる。一行はついに城を出て、戦地へと向かった。

「顔色が悪いぞ、ラドクリフ」

馬を並べて進みながら、アルマンはラドクリフを気遣う。

「初陣で、不安なのか？　父上のオーソン子爵が同行していれば、また違っていたかな」

父は病を理由に、今回は参戦していなかった。ラドクリフが出陣しているから、オーソン家の面目は何とか保たれると思って、辛い戦から逃げたのだと思える。

「いいえ、今の父からは、学ぶべきものは何もありません。あのように病んでいては足手まといになるでしょうから、参戦せずにほっとしています」

「そうか……以前の戦いでオーソン子爵はよく戦っていた。十分、称讃に値する働きをしてきたのだから、今回病に伏したことを恥と思うな」

「はい……」

親子で参戦している騎士もいる中で、ラドクリフがまだ戦える年齢の父と、馬を並べて進軍出来ないことを不満に思っていると、アルマンは考えたようだ。

「オーソン子爵は、武勲を誇る騎士だから……私達のことを快く思っていないのかもしれない」

さらにアルマンは、ラドクリフが思ってもいなかったことを口にした。

「えっ……そんなことはないと思いますが」

「そうかな。停戦の時期に、私が子作りのための結婚をしなかったことを、批判する者がいる」

それを言われると、ラドクリフも心苦しい。今度の戦いでアルマンが儚くなるようなことがあったら、王位継承で揉めることになるのは明らかだ。

王子でも王女でもいい、跡継ぎがいれば誰もが安心したのだろうが、アルマンは年頃の姫君を誰一人寄せ付けずに、ラドクリフだけを愛した。

そのことを非難したい人間もいるだろう。

武勲ではなく、その美しさでアルマンの心を捕らえたラドクリフのことを、恥だと父が感じていたとしても、納得出来ることだった。

「そんな暗い顔をするな。悩むようなことじゃない。要は、勝てばいいだけだ」

「殿下……」

「私が王として、何年も統治すればいい。その間に、次代の王として相応しい人間を育てればいいだけだ。それにはどうする、ラドクリフ？　答えは明確だ。勝てばいい」

アルマンは先のことをぐたぐだと悩まない。だからラドクリフも、アルマンといると不安を感じないでいられた。

「醜王エドモンドが、何でこんなに私の国に執着するのか分からない。麦などの生産量、領民の数、鉄などの産出物、どれをとっても、確かに我が国のほうが多少は豊かかもしれないが、それだけで貴重な兵力を懸けて、侵略を企むものだろうか？」

悪意を知らないアルマンだから、相手を殺してまで奪いたい気持ちは分からないのだ。ラドクリフも同じく悪意に疎《うと》いから、気の利いた答えなど言い当てられない。

「邪心のある人間が、何を考えているかなどよく分かりません」

「そうだな。今頃サドエリは、私の死を願って、悪魔に魂を売っているかな」

二人の馬は、常に先頭を行く。騎士達は遠慮してか、少し離れて付いてきていた。だから会話を盗み聞きされる心配はなかったが、やはりその名前が出るとラドクリフは緊張する。

「ラドクリフ……もし戦闘中に捕らえられ、虜囚となっても生き延びろ。名誉の死など、選んではいけない」

突然アルマンは、思い詰めたような口調で言ってきた。

「辱《はずかし》めを受けても、気に病むことはない。あんなものは矢傷と同じだ。体に余計なものが刺さっただけだと思えばいい」

「はい……」

進軍している間、さすがにアルマンも不安になってくるのだろう。万が一の事態を考えてしまったようだ。

「何があっても助け出す。だから……どんな辛い目に遭っても、私を信じて待つんだ」

「はい……私のことなら、どうか心配なさいませんように。殿下が儚くなるまでは、何があっても生き延びますから」

今が進軍の途中でなかったら、ラドクリフは馬を下りてアルマンを呼び寄せ、強く抱き合ってお互いの不安を消し去っただろう。

しかしそんなことが許される筈もなく、行軍は粛々《しゅくしゅく》と進む。

そして二日目の野営地に到着したとき、後方から早馬でやってきた伝令が、恐ろしいことを告げてきた。

「オーソン卿、ラドクリフ・オーソン卿」

伝令の若者は、迷うことなくラドクリフに近づいてきて、早口に告げてきた。

「父上がお亡くなりになりました。至急、お戻りくださいとのことです」

書簡を渡されて、ラドクリフは戸惑う。

「父上が亡くなった？」

病んでいるとはいえ、あまりにも父の死は早かった。出陣前に会ったが、とてもそんなにひどく病んでいるようには見えなかったのだ。

いつも深酒しているから、重病人のように見えなくもないが、酒を断《た》ったら元の健康な姿に戻るとラドクリフは思っていた。

「殿下……こんな大変なときに、このような書簡がまいりました」

母のサインが書かれていて、オーソン家の刻印も押されていた。けれどラドクリフには、やはり信じたくない内容だった。

アルマンは明らかに不機嫌になる。けれどいくら溺愛するラドクリフといえども、父の葬儀に行かせないわけにはいかなかった。

「オーソン子爵は、王のためにもよく働いてくれた。急いで帰って、丁寧に弔《とむら》ってやれ」

リフは移動しようと本気で思い始めた。

「ありがとうございます」

ラドクリフだって本当はここに残りたい。アルマンと共に戦い、アルマンを守ることを夢見ていたというのに、正直がっかりしてしまった。

「葬儀が済み次第、至急戻ると約束いたします」

「分かっている……いいから行け」

「はい」

ラドクリフは思いを残したまま、馬の首の向きを変えて、来た道を急いで戻っていった。

馬を走らせれば、二日かかった行程も一日たらずだ。父の死を確認し、葬儀の手筈を整えたら、ただちにまたこの道を戻ればいい。一人なら動くのも自由で楽だから、すぐに戻れるとラドクリフは思っていた。

それにしても、何かおかしい。父の急死が納得出来ず、ラドクリフは途中で馬を休ませる間も、一人で悩んでいた。

するとその近くに馬車が数台止まって、おかしな風体をした一団が、勝手に野営を始めてしまった。どうやらあらゆる国を流離う芸人の一団、ジプシー達らしい。

彼らが話す言葉には異国のものが混じっていて、大声で早口で喋るから、いったい何を言っているのか分からない。落ち着かない不安な気分になってきて、野営地に適した場所ではあったが、ラドクリフは移動しようと本気で思い始めた。

しかし馬が十分に休んだとはいえない。行軍の後、休む間もなく走り続けて疲れているのだろう、ぐっすりと眠っているようだ。こんなに眠っているのに起こすのは可哀相な気がしてきた。ラドクリフが騒音に耐えて、しばらく我慢すればいいのだろうか。

夜になれば彼らも眠るだろうと思い、ラドクリフは諦めて、立木に寄りかかってうとうとしていた。

「きれーな騎士さま」

突然頭上で声がして、ラドクリフは驚いて目を開く。

真っ黒な縮れた髪が目に付いた。続けて見えたのは、夜でも白い女の乳房だった。

「な、何だ」

「きれー、きれーだね、騎士さま。ねぇ、抱いて。あんたなら金はいらないよ」

いきなり乳房が顔に押しつけられた。ラドクリフは短い恐怖の叫びを上げると、女の体を押しのける。そして慌てて木の側を離れた。

「な、何なんだ、いきなり」

「あたしはジプシーの魔女だよ、騎士さま。ねぇ、抱いてくれたら、あんたの願いを一つ叶えてあげるよ」

乳房は白いが弛《ゆる》んでいる。よく見ると女の顔は、決して若いとはいえなかった。そんな女が魔女と名乗れば、何だかそんな気もしてしまうが、ラドクリフは信じなかった。

「あっちへ行ってくれ。おまえを抱く気なんてない」

汚いものを見るように、ラドクリフは女を見てしまった。心を病んでいるのなら、少しは優しくしてやったほうがいいのかもしれない。けれどラドクリフは、女が半裸の状態で、身をくねらせて迫ってくる様子が不快で、そんな思いやりなど示す余裕はなかった。

「あんた、あたしを知らないのかい？　あたしはこの辺りじゃ有名な魔女なんだよ。さぁ、願いを言いな。抱いてくれたら叶えてやるよ」

さらに女がドレスの裾を捲《まく》り上げそうになったので、ラドクリフは慌ててさらに飛び退いた。

「私に構うな。さっさと行ってくれ」

「おやおや、願い事だよ。取引だよ、ラドクリフ」

「えっ……なぜ、私のことを知っている？」

自分の名を呼ばれて、ラドクリフは混乱する。思わず眠ってしまって、今は悪夢の中にいるのだろうか。そうとしか思えない。

「何でも知ってるさ。殿下の愛人なんだろ。父親は飲んだくれだ。女も知らないラドクリフ。教えてあげるよ、あたしを抱きな」

髪を振り乱し、乳房を揺らして女はまた近づいてこようとしていた。

敵と戦うのは怖くない。猛獣に襲われても、ラドクリフは戦える。

だがこの得体のしれない女には、心底恐怖を感じた。

「い、嫌だ、嫌だ。どこかに消えろ。消えてくれ」

ついにラドクリフは剣を抜き、それ以上女が近づけないように振り回していた。

「何だよ、ラドクリフ。あんたが抱いてくれないんなら、あたしはあんたを呪わないといけない。あんたを呪ってくれって頼まれたからね」

「世迷い言はたくさんだ」

ラドクリフは馬を揺すり、すぐにその背に鞍《くら》を着けた。

前も見えない夜道でもいい。狼に狙われても構わない。こんな女といるより、前に進んだほうがずっとましだと思えた。

「抱いてくれた男には優しいんだよ、あたしは。なのにあんたは……あたしを汚いものみたいに見るんだね」

「わ、私は、本当に愛した相手としか、そんなことはしないんだ」

「嘘を吐くな。あんたはその綺麗な顔で、皇太子を誑し込んだんだろう？　皇太子を骨抜きにして、この国を支配するつもりなんだ」

「そっちこそ酷い嘘を吐くな」

馬は起こされて不機嫌なのか、盛んにぶるぶるっと鼻を鳴らしている。けれどラドクリフは構わずに、馬に飛び乗った。

「あんたを呪ったのはあたしじゃない。ホズルって騎士になれなかった男さ。ホズルはあんたより気前がよかったよ。あたしを抱いてくれたし、金もくれた。だからあたしは、願い事を叶えてやるのさ」

結局は脅して金を取りたいのだろうか。けれどラドクリフは、この程度で震え上がって金を払うなんて、自尊心が許さなかった。

「ホズルなんて知らない。いい加減なことばかり言うな」

「あんたが抱いてくれたら、呪わないであげようと思ったのに、お気の毒だね、ラドクリフ。素敵な花を贈ってあげるよ。だけどこれを消せるのは、あんたの本当の恋人だけだ。そんなものがいりゃあいいけどね」

女は高らかに笑いながら、馬に乗って行こうとするラドクリフの手に、いきなり針を突き刺した。

毒針かとラドクリフは怯えたが、感じたのはチクッと肌を突き刺す、軽い痛みだけだ。微かに出来た傷口に、ぷっくりと血の玉が浮かび上がっている。

「恋人に会えなかったら、あたしを捜しな。抱いてくれたら……呪いを解いてやるよ」

女は森中に響き渡るような高い声で、あはははと狂ったように笑い出す。

ラドクリフは急いで馬の腹を蹴《け》り、その場から逃げ出した。

悪夢にしては、妙につじつまが合っている。

宣誓の儀式のとき、ラドクリフと揉めたことで騎士になれなかった男の名はホズル。そんな男がいたことなど、とうに忘れていたが、なるほど、呪いたいほど今でもラドクリフを恨んでいるのだろう。

夜の森を抜け、再び静かな野営地向きの場所に着くと、ラドクリフは火を熾《おこ》してまた休んだ。

おかしなことがあったせいで、ひどく疲れている。針を刺された場所は赤くなっていたが、毒など塗られてはいなかったようだ。今のところ痛みはない。それとも後から効いてくるのだろうかと不安になりながら、ラドクリフはいつか眠っていた。

朝陽が顔に当たっていた。ラドクリフは目覚めたが、それは多数の馬の足音が響いたせいだ。

「えっ……援軍だろうか」

出征した兵よりも多いと思われる一団が、戦地に向かって行進している。緊張した雰囲気に、ただごとではないのが感じられた。

「何だろう？」

そんなに戦局が大変なことになっているのなら、やはり戦地に戻るべきだ。ラドクリフは悩みながら、顔を洗うために近くの小川に下りていった。

「えっ……」

水に手を触れた瞬間、ラドクリフは手の甲に見慣れぬものを見つけた。

昨夜のことが悪夢でなければ、女に針を刺された場所だ。そこに綺麗な花の模様が浮き上がっている。

体に針を刺し、色を入れる刺青《いれずみ》というものに似ていた。けれど昨夜は確かに、小さな傷程度のものだったのだ。

「何だろう……これは……」

ラドクリフは袖《そで》を捲り上げてぞっとした。花の茎《くき》が勝手に伸びていくような気がしたのだ。

「嘘だ。これは気の迷いだ。呪いなんてものが、この世にあるものか」

眠っているうちに悪戯《いたずら》書きでもされたのかと思って、ラドクリフはゴシゴシと手を洗う。けれど洗ってもこすっても、花は消えなかった。

ジプシー達のいた場所に戻り、あの女に謝って呪いを消してもらうべきだろうか。けれどラドクリフには、謝らねばならない理由などない。抱いてくれと言われたことを拒んだが、それは間違ったことには思えなかった。

一度に幾つものことが同時に起こっている。それこそがまさに呪いだ。じっと花を見ていると、確かに茎がうねうねと伸びていって、その先にまた新たな蕾《つぼみ》が出来ていくように見えた。

「こんなもの、目の錯覚だ。それより……早く家に戻って葬儀を行い、また戦地に戻らないと」

ラドクリフはまたもや馬に乗り、急いで領地へと向かった。

ところが途中の宿場では、半旗が掲げられ、教会の鐘が鳴っている。行くときにはそんなことになっていなかったので、やはり気になった。

「何があったんだ」

思わず馬上から、店じまいをしている宿の店主に訊ねていた。

「王が亡くなったそうですよ。新王はサドエリ様だそうですが、アルマン殿下は戦で亡くなったんですかね？」

「……何だって？」

「さっき兵隊が大勢通って、今からしばらくの間は家から出るなと言われました。騎士様、旅の途中なら、悪いことは言わない。この国にはしばらく入らないほうがええですよ」

「ありがとう……」

すぐにラドクリフは、今来た道を引き帰さねばならなくなった。

父の葬儀どころではない。王が崩御した途端に、次男のサドエリは兵を挙げて、隣国との戦いに出兵したアルマンが帰国する退路を塞ぐつもりなのだ。

このことをアルマンに知らせることが、何よりの急務だった。

こうなってくると父の訃報《ふはう》も怪しく思える。ラドクリフをアルマンから引き離すために、誰かが仕組んだのではないかと思ってしまう。

けれどラドクリフがいないことで、どれだけの影響があるというのだろう。アルマンの周りは、すでに大勢の騎士達によって守られている。

それともその騎士達までが、アルマンを裏切ったというのだろうか。

もう馬を休ませる余裕もなかった。ラドクリフは必死で馬を駆って進んだが、その途中、何度か体にちくちくと刺されるような痛みを感じた。

腕を見る勇気も余裕もない。今はただアルマンを助けたいだけだ。

『この呪いを消せるのは、本当の恋人だけだよ』

女の声が、脳内に木霊《こだま》する。

けれどその本当の恋人と思えるアルマンが、殺されてしまったらどうなるのだろう。

「その時は……後を追って死ぬだけだ。殿下に命を捧げたのだから」

今はもう死ぬことすら怖くない。それより怖いのは、アルマンを失っても生き続けねばならないことだった。

「あっ!」

前方に馬に乗った一団が見える。ラドクリフは素早く森の中に姿を隠した。

恐ろしいことが起こっている。アルマンはすでに捕らえられていて、猿轡《さるぐつわ》をはめられ、手の自由を奪われた形で馬に乗っていた。

見事な黒髪は乱れ、額からは血が流れている。きっと抵抗したときに、怪我をしたのだ。

アルマンの横を併走しているのは、何とあの騎士になれなかった大男、ホズルだった。ホズルは得意げな顔をして、時折アルマンに何か話し掛けている。けれどアルマンには答えることも出来ないのだ。

「何があったんだ。騎士達はどうしてる。なぜ、殿下を守らない」

ここは斬り殺されるのを覚悟で、アルマンを奪還すべきだろうか。ラドクリフは剣の柄に手を掛けたが、思わずその手を引っ込めてしまった。

手に無数の花が、咲いていた。

手の甲だけではない。掌《てのひら》にまで花は広がっていたのだ。

ラドクリフの全身が震え出す。

あの女は、本物の魔女だったのだ。

抱けばあの魔女は願いを叶えてくれるという。自分の体など、もうどうなってもいい。それよりアルマンの命を助けてくれと願ったら、魔女は叶えてくれるだろうか。

愛する者を救うためだ。この身を魔女にくれてやるくらい何ともないが、アルマンがそんなことで与えられた命を喜ぶかは疑問だ。

また命だけ救われたところで、王座を追われ、惨めな姿で生き残ることなど、アルマンはよしとしないだろう。

一行が通り過ぎる間、ラドクリフは一人で悶々《もんもん》と悩み続けた。そうしている間にも、花は一つ、また一つと咲いていく。

あたしを抱きな。そうすれば助けてやるよと、魔女の言葉がその花から聞こえてくるようだ。

「駄目だ……。あんな女に救いを求めるな。この手で、殿下を助ける」

指先まで、小さな花がびっしりと咲いている。ラドクリフは吐き気を覚えたが、そこでしっかりと踏みとどまった。

「この体は殿下のものだ。たとえ呪われていても、殿下以外の誰にも与えてはいけない。何があっても、殿下を助ける。そうだ、助けるんだ」

兵達が通り過ぎるのを待ち、ラドクリフはそっと道に出る。一団の中には、騎士達の姿はなかった。まさか急襲されて、すべて殺されたのだろうか。

「殿下……しばらくお待ちを。きっと、助け出します」

ラドクリフはアルマンを追わず、戦地に向かって走り出す。もし生き残っている仲間がいたら、一人でも助け出そうと思ったのだ。

しばらく走ると、ラドクリフの予想したとおり、傷だらけの騎士達が歩いてきた。

「いったい何があったのです？」

馬を下りてラドクリフが近づいていくと、いきなり剣で斬りつけられた。思わず剣で払ったが、そこにいた全員が剣を手にして、ラドクリフを取り囲んでいた。

「ま、待ってくれ。いったい何があったっていうんだ」

「黙れ、この裏切り者。殿下に寵愛されながら、サドエリと組んでいたな」

「酷《ひど》い誤解だっ」

騎士達は殺気立っている。皆、かなりの深傷を負っていた。その傷がサドエリの送った兵によるものなら、肉体だけでなく心も深く傷ついているだろう。

「都合よく、父親の訃報が届くとはな。よく考えたものだ。今度は俺達を油断させて、全員斬り殺すつもりかっ」

「違う、誤解だっ。落ち着いてくれ。殿下を助けねばならないというのに、こんなところで仲間割れなどしたくない」

「誰が仲間だ。男のくせに、顔に花なんか描いて、何の呪いだ。おまえなんぞ騎士とは認めんっ、この娼婦がっ」

斬りかかられても、ラドクリフはそう容易くやられはしない。相手の剣を受けながら、ラドクリフは剣に映った自分の顔を見て、思わず剣を取り落としそうになっていた。

右の頰に花が咲いている。

首にもびっしりと花は広がっていた。

「そうだ、これは呪いだ。死なない呪いなんだと思えばいい。もういい、誤解を解く時間もないなら、今からまた殿下の後を追って、一人ででも戦って殿下を奪い返す」

「待て」

ラドクリフが馬のところに駆け戻ろうとすると、一番年長の騎士が呼び止めた。

「もし本当に裏切っていないというなら、聞いておけ。サドエリは勝手に隣国と停戦条約を結び、属国となる気だ。その代わり、自身を王としてくれと頼んだんだろう」

「……なぜ、殿下を助けなかったんだ」

思わず恨み言が口をついて出る。

自分がいたら、命に代えても守ったのにと、今になって悔し涙が浮かんだ。

「逆だ。我々は戦ったが、敵の数があまりに多すぎて、殿下は、我々を助けるために……」

そこで騎士達は、悔しさからの叫び声を上げ始めた。

静かな森に、男達の悲痛な声が木霊する。

「敵兵と自国の兵。双方に挟まれ、何人も犠牲者が出た。殿下は、残った我々の命乞いをして、自ら捕らえられたんだ」

アルマンはそういう男なのだ。

だからこそ王に相応しい。

ラドクリフにとって、心から愛せる者は、そんな崇高な魂を持った、真実の王しかいなかった。

「殿下はそのまま連れていかれ……斬首されるのだろう」

騎士達の叫び声には、いつか嗚咽《おえつ》が混じり出す。けれどラドクリフは、一緒に泣くことはなかった。

「すぐに斬首はしない筈です。王が亡くなったようだが、王は正式な後継者を指名した書を、どこかに預けているんです。それにサドエリの名前がなければ、正式な王にはなれない。王でないものが、勝手に停戦は出来ないから、いずれサドエリも隣国によって殺されることになるでしょう」

ラドクリフの冷静な言葉に、騎士達の表情は固まる。ここでラドクリフを信じていいのか、迷っているようだ。

「私を信じてくれなくてもいいんです。きっと父は、サドエリに従ったんでしょう。だから自分の息子を助けたくて、嘘の訃報を送ってきたんです。そんな父の息子として、罰されるならそれでもいいが、その前に、この命を捨ててもいいから、殿下を助け出します」

「だが……どうやって助ける？　オーソン卿、まだ家に帰っていないのか。御身《おんみ》、かなり病んでいるようだが、どうかしたのか？」

チリチリと左の頬も痛み出す。騎士達も花が勝手に増殖していく様子に気が付いたようだ。気味悪げにラドクリフを見ている。

「病ではないんです。私は呪われているのです」

「オーソン卿……本当に呪いなのか？」

「呪いです。勝手に増えていくんですよ。この呪いを解けるのは……殿下のみ……そうだ……きっと殿下なら」

けれど騎士達が疑っているくらいだ。アルマンも同じように、ラドクリフのことを疑っているかもしれない。

「オーソン卿、御身が逃がされたのは、もしかしたら殿下の口を割らせるために、脅しの材料に使うつもりではないのか」

老騎士の言葉に、ラドクリフは息を呑んだ。まさかそんなことまで考えもしなかったが、アルマンの性格を知っているサドエリだったら、ありえるかもしれない。

「きっとオーソン子爵の家で、誰かが待ち構えていた筈だ。殿下は、目の前でオーソン卿が傷つけられたら、王位継承者の書の在処《ありか》を話してしまうかもしれない」

「その心配はないでしょう……。こんな呪われた体ですから、殿下の寵愛も終わると思います。けれど、サドエリはまだ何も知らないから、私を利用出来ると思っているかもしれない。だったら……上手《うま》く利用されるしかないでしょう」

ラドクリフは自ら捕らわれる覚悟を決めた。そうすることでしか、アルマンを助ける方法が見つからない。

「呪いも解け、殿下も助けられる方法が一つだけあります」

剣を納めると、ラドクリフはここでやっと笑うことが出来た。

いいように翻弄されて、冷静さを失っていた。もっとも簡単な解決策は見えている。

呪いなど解かなくてもいいのだ。アルマンだけを救えばいい。

そのために失うものなど、たかがしれている。

自分の命、たったそれだけだ。

「どうやって助けるのだ」

訊かれてラドクリフは、笑顔で答える。

「出来るだけサドエリに近づいて、一気に討ちます。返り討ちに遭うかもしれないが、そうなったらそれも運命でしょう」

「殿下は、それで助かると思うか？」

「城には、衛兵しか残っていない筈です。皆を襲ったのは傭兵でしょう。傭兵は、私が私費からでも金を支払い、寝返らせます」

「よいのか……そんな」

老騎士はそこで絶句した。報償を求めて戦う騎士は大勢いても、私財を投げ打って王を助ける騎士はそういない。ラドクリフの決意の固さに、皆の見る目は少し変わったようだ。

「子爵が何だと言うのです。恥ずべきことに、父は陛下も殿下も守れなかった。そんな者に爵位も財産もいらない。殿下の命を助けられるなら、安いものです」

サドエリがこっそり傭兵まで雇い入れていたことに、気付かなかったのは迂闊だった。やはりアルマンが愛欲に目が眩《くら》んでいたから、隙を狙われたのだ。

そうなった責任はラドクリフにある。王からサドエリが実子ではないと聞いたときに、用心してその身辺をもっと調べればよかったのだ。

「隣国の攻撃は、どうだろうか？」

別の騎士が、背後を振り返りながらラドクリフの意見を求めてきた。

「醜王エドモンドは、戦わずに我が国が手に入ると思っているので、追討の兵は送ってこない筈です。彼らの兵力にも限りがありますからね。度重《たびかさ》なる戦で、国軍もかなり弱体化しているでしょう」

それはアルマンが、隣国に内偵を送って得ていた情報だった。

エドモンドは戦に勝てば、報償を支払うと約束したが、騎士や諸侯の間には不信感が広がっている。国庫に余裕はなく、財政が逼迫《ひっぱく》しているのは明らかだった。それでもエドモンドに忠誠を誓っているのは、惨殺される恐怖からだ。

「隣国には、王のために死ぬ兵などいないでしょう。けれど我々は違う。残った者達を集め、殿下奪還の準備をしてください。サドエリを王位に就けてはいけないとの言葉を、すでに陛下から戴いております」

ラドクリフの熱い言葉に、騎士達の間からどよめきが起こった。

「僅かの時間も惜しい。すぐに発ちます」

そこでラドクリフは、また馬に跨る。

こうしている間も、アルマンの苦しみが続いていると思うと、気が気ではない。今、アルマンを救えるのは、ラドクリフしかいないのだ。

戦に勝って、この道を凱旋《がいせん》する筈だった。なのにアルマンは、虜囚となって国に戻っている。戦はあったが、戦った相手は隣国の兵ではない。何と、弟が雇った傭兵達だった。

水を飲ませるために、猿轡が外された。もう何か叫んでも、何の影響もないと思われたのか、猿轡は外されたままとなった。

「どうする、殿下？　今頃は、殿下の寵愛するオーソン卿も、捕らえられているだろうな？　心配じゃないか？」

執拗に話し掛けてくるのは、馬で併走している大柄な男だ。その顔には見覚えがある。以前、騎士の宣誓をするときに追い払った男だ。

自らホズル将軍と名乗っているようだが、アルマンの国に将軍などいない。勝手に名乗っているだけで腹が立つが、今のアルマンにはどうする術《すべ》もなかった。

「綺麗な男かもしれないが、自分の立場を忘れて熱を上げるような相手か？　殿下が死ねば、どうせまた別の男を見つけて、体を差し出すだろうに」

憎々しげに言うホズルの様子からすると、どうやらホズルもラドクリフに執心しているらしい。このまま自分が死んだら、ラドクリフもいいようにこんな男達から陵辱されてしまうのだろうか。

アルマンは自分が迂闊だったと、心から反省している。恋に浮かれて、警戒を怠ってしまった。まさか身内である筈の弟が、反逆者になるとは思わなかったが、サドエリは事前に周到な準備をしていたようだ。それに気が付かなかったのは、自分のせいだと悔やまれる。

けれどアルマンにとって、ラドクリフとの出会いは運命そのものだった。

王にではない、あなたに忠誠を誓いたいと言われた瞬間、アルマンの目にはラドクリフしか見えなくなっていたのだ。

生まれたときから、次代の王になると約束されていた。だが王になるということは、領民のために戦い続けるということなのだ。

ただ玉座に座って、廷臣達の言葉に耳を傾けていればいいというものではない。この時代、王は領民から税を徴収する代わりに、自ら戦って他国からの侵略を防ぐ。それが王の役目だ。

良き王の治世が続けば、安心して働けるから領民の収入も増えて国は繁栄していけるのだ。

そう教えられて育ったアルマンだ。戦うことに迷いはないが、やはり生きていくうえで心の糧《かて》が欲しかった。

そんなときに、ラドクリフと出会ってしまった。

真っ直ぐにアルマンだけを見つめる美しい瞳、引き寄せればすぐに絡みついてくるしなやかな体。

心を奪われるなというほうが無理だ。

ここ数カ月、二人で過ごした日々が、アルマンの脳裏に蘇る。生まれてから、あんなに誰かを愛したことはない。毎日が幸せな日々だった。

一緒に死ぬつもりでいたのに、それも叶わなくなりそうだ。せめてもの救いは、ラドクリフだけが先に邸に戻っていたことだった。

「殿下、あんたは人を疑うってことを知らないらしい。それはいいことか？　いや、こんな戦乱のときに、人がいいだけなんてただのまぬけだ」

ホズルは得意げに、自分の意見らしきものを口にする。

「あんたはあの美しさに騙されたのさ」

「……」

「初めてのようなふりをしていただろうが、あの男はとんでもない淫乱だ。あれは金で雇われた、醜王の密偵だよ」

そんなことがある筈はない。アルマンは聞くだけ無駄だと思ったが、ホズルはしつこかった。

「あんたを骨抜きにしておいて、その間にサドエリ殿が、着々と謀反の準備をしていたわけだ。実に、汚い手だ」

「……」

「オーソン卿を呼び戻すのは、最初から決まっていたことさ。そうでなければ、さっきの戦いで最悪命を落とすか、あの自慢の顔に傷が付いていただろう。あんたを命懸けで守ることになっているからな。それを避けるためには、逃げ出すしかなかったのさ」

いかにも本当のことのように言われて、アルマンは初めてラドクリフに対して疑いの心を持ってしまった。

そんな筈はないと打ち消しても、あまりにも都合よくラドクリフが戻ったので、おかしいと思えてきたのだ。

「よければ、あんたを助けてやってもいい」

声を潜め、ホズルは突然、とんでもないことを口にする。

「ここだけの話、俺はサドエリ殿をあまり信用していない。醜王に国を売るつもりらしいが、その後で消されるのは目に見えている」

悪意というものが、アルマンには分からないままだ。この男は、一度はアルマン達国軍を裏切り、さらに今度は反逆者のサドエリすらも裏切ろうというのか。

人というものは、こんなにも簡単に裏切ったり騙したり出来るものなのだろうか。

ラドクリフは決してそんなことをしない。そう信じてきたけれど、ここで大きく心が揺れ始めた。

「俺のことを信用出来ないか？　実は宣誓のときにオーソン卿を挑発したのも、殿下の気を惹くためにやった演出さ。俺はいいように利用されただけなんだよ」

「……それで、おまえは何が望みなんだ……」

ついにアルマンは、ホズルに向かって話し掛けてしまった。するとホズルは、待っていたとばかりに生き生きと話し掛けてくる。

「領地をくれ。大貴族に相応しい領地だ。そして俺を将軍と認定してくれたら、あんたの命は助けてやるよ。それだけじゃない。醜王を倒すために共に働こう」

「……裏切りばかりの者を、そう簡単に信用は出来ない」

「俺は、欲に忠実なだけだ。見かけが綺麗だと、心根まで綺麗に見えるらしいが、実際はどうだ？　あの男も結局は、欲に踊らされているだけさ」

そんな筈はない。絶対に違う。

そう叫びたいのに、アルマンの心は揺れる。

「賭けてもいいぜ。城に戻ったら、サドエリ殿の配下の者が、いかにも捕まえたようにしてオーソン卿を連れてくる筈だ。そしていたぶるふりをして、あんたから大事なことを訊き出そうとするんだ。そういう筋書きなんだよ」

いかにもありそうなことだった。

自分がいたぶられるより、目の前でラドクリフがいたぶられるほうがずっと辛い。悪意のある人間だったら、単純にそんな手を思いつくだろう。

たとえラドクリフが裏切り者だったとしても、痛めつけられる姿を見て耐えられるだろうか。

アルマンの心は揺れ続ける。

裏切られてもラドクリフを愛しているだろう自分に、アルマンは苦しんでいた。

全身をすっぽりと覆う、修行僧のようなマントを纏って、ラドクリフは都に戻った。そうでもなければ、とてもこの姿では都にも入れなかっただろう。

顔中に花が咲いている。この国にはそんな装いをする風習はないから、ただちに魔物として捕らえられてしまう。

王城周辺はいつもと様子が変わっていた。サドエリは王が崩御した後、兵を入れ替えたのだろう。警護に付いている兵は見慣れぬ顔ばかりで、仕事ぶりも徹底していない。どうやら隣国から雇い入れた、傭兵ばかりのようだ。

すでにかなり以前から、サドエリは反乱の準備を進めていたと思える。あるいは王の侍医であるカイザルと組んで、王の死期を早めることさえしていたかもしれない。

アルマンのことも、すぐに殺したかった筈だ。けれど次期王を指名した書があると言われて、殺すことをせず捕らえることにしたのだ。

ラドクリフはまず顔見知りの両替商の元を訪れると、自分の領地と邸を抵当に、かなりの金を手にした。それを持ってまず訪れたのは、傭兵達を仕切っている、隊長と呼ばれる男だった。

傭兵達は、城の前の広場にテントを張り、野営をしている。そこに隊長はいて、自分のテントに酒樽を運び込ませていた。

修行僧のようなラドクリフを見て、傭兵達は薄気味悪そうにしている。誰かが、亡くなった者の弔いのために呼んだと思われたらしく、案外簡単に隊長の元に通された。

「気が早いな。どこで、ここに死人がいると聞きつけた？」

隊長は大柄な赤毛の男で、いかにも歴戦の勇士といった風貌をしている。

この男は騎士だろうか。それともただの兵なのかと悩みつつ、ラドクリフは周囲を見回して小声で囁いた。

「あなたは騎士だろうか？」

もし騎士なら、幾ら金を積まれても、簡単に雇用主を裏切らない。信義というものを、騎士は重んじるからだ。けれど兵は違う。報償のためだけに、命を懸けて戦うのが兵だった。

「何だ、いきなり？　俺はお偉い騎士様なんかじゃねえよ」

テントの中に置かれた卓の上に足を乗せて、隊長は横柄《おうへい》な態度で答える。

「では交渉がしやすい。私は、ラドクリフ・オーソン。殿下の愛人だ」

騎士とは名乗らず、あえて愛人と名乗った。なぜならこの男が、騎士というものに敵愾心《てきがいしん》を持っていると感じたからだ。

「ふーん、殿下の愛人ね。そういや殿下は、色男といいちゃつくのに忙しくて、戦どころじゃなかったらしいな。そうか、見られたら誰にでも分かる程の色男なのか」

にやにやと笑って、隊長はラドクリフを見る。修行僧のような形《なり》が、姿を見られないための工夫なのだと思ったようだ。

「あなた達にとっては、誰が領主になろうと関係ないだろうが、このままサドエリが王になっても、隣国王が資産をすべて押さえてしまうから、十分な支払いは約束されない」

「……嫌なことを言うな」

隊長はぼりぼりと頭を掻きながら、フードに隠れたラドクリフの顔を、覗き込もうとしている。けれどラドクリフは、口元までしっかりと薄布で覆っていたので、花に埋もれた顔を見られる心配はしていなかった。

「本当のことだ。隣国の事情に詳しいなら、あの国が財政的に逼迫しているのは知っているだろう？」

「まあな。だから、戦を仕掛けて、手荒く稼ごうとしているんだろう……」

「そのとおり。醜王エドモンドは、あなた達への支払いまではしてくれない。契約したのはサドエリだと言って、せいぜいサドエリの命を差し出すくらいなものだろう」

エドモンドは傭兵に十分な支払いをしないことが知られているから、わざわざこの国まで来て働こうとしているのではないか。そう思ったラドクリフの読みは、どうやら当たっていたようだ。

隊長の顔はみるみる不機嫌そうになっていく。

「交渉しないか？」

そこでラドクリフは、手に入れたばかりの黄金を、隊長の足が乗せられた卓の上に置いた。それを見て隊長の目つきが変わった。

「どういうつもりだ？」

「サドエリから、すでに金を受け取ったのか？」

「……いや……」

叛乱《はんらん》を企てたものの、サドエリにはまだ国庫から金を引き出す程の力はない。当然、傭兵に対する支払いは後回しになる筈だ。

「これで、殿下を助けるための兵を雇いたい。成功すれば、さらに報奨金を上積みしよう」

「雇用主を裏切れって言うのか？」

「そうだ」

「これを持って、俺達が逃げるかもしれないぜ」

隊長は金の入った袋に手を伸ばしてきて、嫌らしく笑う。

「あなたが賢いなら、どうすれば一番確実に稼げるか分かる筈だ。サドエリ、醜王エドモンド、彼らから、これと同額を受け取れる保証があるというなら……」

ラドクリフは金の袋を、自分の手元に引き寄せようとした。すると隊長が、やんわりとその手を摑《つか》む。

「待てよ。交渉に乗ってやってもいい。だが、あれだ。せっかくだから、契約の印として、その体を俺にも差し出せ」

「……すまないが、そんな要求には応じられない」

「そう言うなよ。殿下を骨抜きにしたんだろう？　どれだけの寝技を持ってるんだ？　きっと凄いんだろうな」

隊長の目が怪しく輝く。それを見て、ラドクリフは手に巻いていた布を少し解いて、中の様子を見せた。

「あなたが知っている美しい男は、もういない。私は業病に冒されている……」

うっすらと血の滲《にじ》む布を見て、隊長は驚いて手を引っ込めた。

「何てこった！　殿下にもうつしたのか！」

「心根の正しい者にはうつらない」

そんな都合のいい病などあるものかと思うが、ラドクリフの言葉を隊長は信じたのか、神妙な顔をして金の袋だけを素早く奪った。

「いいのか？　俺はサドエリに、あんたを売るかもしれないぜ」

隊長の脅しに、ラドクリフは笑顔で答えた。

「誰が正しく、誰が一番強いのか分かっていればいい。そうすれば、どうすべきかおのずと答えは出るだろうから。これから戻ってくる騎士や兵と合流して、殿下を助け出してくれ」

そこでラドクリフは、軽く一礼だけしてテントを出た。

隊長が裏切るつもりなら、歩いて城門まで辿り着けないだろう。その前に捕まって、縄を掛けられてしまう筈だ。

覚悟を決めて、ラドクリフは城に向かってゆっくり歩く。

誰も追ってくる様子はない。裏切るよりも、ラドクリフに恩を売ったほうがいいと、賢明な隊長は考えたらしい。ほっとしたラドクリフは、傭兵との交渉結果を伝令役となった従者のトマスに託した。

「トマス、すまない。君も戦果を挙げたかっただろうに、こんな役目しか与えられない」

トマスはラドクリフが一人で戻った後も戦地に残り、騎士達と共に立派に戦っていた。そのときに受けたものなのか、右腕の矢傷からはまだ血が滲んでいて痛々しい。

「不甲斐ない主ですまない」

「いいですよ、ラドクリフ様。本当のこと言うと、最初の頃は殿下の愛人でしかないラドクリフ様に失望していました」

「そうか……そうだろうな」

模擬試合では勝ったが、それ以降、何の勇姿も見せてこなかった。出世したくて従者となっているトマスには不満だったろう。

「今は、違います。殿下を助けるために、ここまでなさるとは正直思いませんでした」

騎士団長に手渡す書面を懐深くに入れながら、トマスは微笑む。

「ラドクリフ様、絶対に生き延びて、いつか俺を本物の騎士にしてください」

「ああ、約束するよ、トマス」

生きていられる保証はないが、ここで約束したら、それが力になるだろうか。

傭兵を味方に付ければ、サドエリの支配する兵など簡単に駆逐《くちく》出来る。だが、その結果を見られるのか、今はまだ分からない。

「安心して戻るように、騎士団長によろしく伝えてくれ」

ラドクリフはトマスを抱き締めようとして、思い止まる。うつるような呪いではないと知っていても、この体で抱き付かれたらどれだけおぞましく感じるかと、想像してしまったのだ。

トマスが足早に去るのを見届けると、ラドクリフは城へと向かった。

夜となったのに、いつもよりずっと灯りが少ないせいで、迷宮のような城の中をラドクリフは走る。アルマンが捕らえられているのは、地下牢だろう。偉大なる兄に屈辱を味わわせるには、獄舎に繋ぐのが一番とサドエリなら考える筈だ。

地下牢に向かう間、警護の兵と一度も会わなかった。それはそうだ。サドエリはラドクリフをアルマンの元におびき寄せたいのだ。警戒する兵に、間違って斬り殺させるわけにはいかない。

重い扉を開けて中に入ると、思ったとおり椅子に縛り付けられたアルマンがいた。アルマンは最初、すっぽりとマントに覆われた姿を見て、ラドクリフだと気が付かなかったようだ。不快そうにじっとラドクリフを睨み付けている。

殴られたのか、額が切れて血が滲んでいたが、暗い牢の中で血はどす黒い染みにしか見えなかった。すぐにでも手当をしてやりたいが、そんな余裕はなさそうだ。

「殿下……助けにまいりました」

呪いは声まで変えることはない。アルマンはその声でラドクリフと気が付いたようだが、その顔に笑みはなかった。

「今頃、何しに来た。サドエリに言われて、継承者の名前が書かれた書の隠し場所を調べに来たのか？」

冷たいアルマンの言葉に、ラドクリフはやはり疑われていることを知った。

「私ははめられたのです。家に帰っていたら、そこで捕らわれ、ここに連れてこられることになっていたと思います」

「……」

アルマンは答えない。ラドクリフを見ようともしなかった。

「殿下のご寵愛が深い私を、サドエリは脅しの材料に使うつもりでしょう。けれどこれで安心しました。私が傷つけられても、殿下のお心が揺れることはもうないから」

「そうだな。どんなにラドクリフがいたぶられても、私はもう命乞いなどしてやらないぞ。それでもまだここにいるのか？　それともいたぶられることも演技のうちだから、何の心配もしていないのか」

皮肉な言い方をするアルマンに、ラドクリフは顔を近づけて唇を重ねた。そしてそれとなくアルマンの手に、短剣を握らせる。それで戒めは切れる筈だ。

すぐに切らないのは理由がある。騎士達が到着するまでの間、ラドクリフは少しでもサドエリを油断させておきたかったのだ。

「殿下、疑われても、潔白を示す方法がありません。ですから……この場で命を捧げます」

「命などと殊勝なことを言っているが、どこまで本心なのか分かるものか」

「お疑いでしたら、自由になったその後で、私は殿下に討たれても構いません」

「なら、すぐに自由になって、この短剣でおまえの喉を搔き切ろうか……ん？　ラドクリフ、顔をどうしたんだ？」

ついにラドクリフを見たアルマンは、薄暗い地下牢の中でも、その異変に気が付いたようだ。

これを見たら、アルマンの心はますます離れていくだろう。それでも隠しておくつもりはラドクリフにはない。顔を覆う薄布を外し、正直にすべてを見せた。

「魔女の呪いを受けました。体中に花が咲いています」

「どこでそんな呪いなど受けた？　解く方法はあるのか」

「どうでしょうか……」

ラドクリフは力なく微笑む。

アルマンの愛がなくなってしまった今、呪いを解くには魔女を抱くしかない。けれどラドクリフは、アルマン以外の誰にもこの身を捧げるつもりはなかった。

「軍の半数近くは失われましたが、残った者が今、態勢を整えて殿下を助けに城に向かっています。傭兵は寝返りました。だからもう安心です。軍がここに辿り着くまで、しばらくのご辛抱を」

「……ラドクリフ」

アルマンの心が揺れている。誤解だったのかと迷っているようだ。

「それが本当なら、私はまず疑ったことを謝らねばならない。しかし、誰がそんな呪いを魔女に依頼したんだ？」

「ホズルという男だそうです」

「ホズル……その呪いは、本物なのか？」

アルマンはまだ疑っている。体に絵でも描いたと思っているのかもしれない。いっそすべてを脱いで見せたかったが、そんなことをしてアルマンの同情を引いてはいけなかった。

たとえ目の前でサドエリに斬り殺されることになっても、アルマンが動揺しないようにしなければいけない。それには愛や同情は邪魔なだけだ。

その時、ついにサドエリがホズルを伴って牢に現れた。

「邸に戻らぬと思ったら、いきなりやってきたか。さすがにアルマンの騎士だけのことはある。読みが正しいと褒めたいところだが、のこのこと一人で現れるとは、愚かだな」

サドエリは酔っているのか、薄暗くてもはっきりと分かるほど鼻を赤くしていた。その横にいるホズルは、まるで自分が将軍にでもなったかのように、尊大な態度でいる。

「城中を探したが、王が残した文書など、どこにもないぞ。アルマン、嘘を吐いたのだろう。それにそんなものがあったとしても、何の効力もない」

アルマンを連れ戻すことには成功したが、その間もずっとサドエリは王位継承者の名が書かれた文書を探していたようだ。

「見つからなくて当然だ。こんなことがあった場合に備えて、用意されているものだ。そう易々《やすやす》と見つかるようなところに隠しはしない」

皮肉っぽくアルマンが言うと、サドエリは憎々しげに声を張り上げた。

「そんなものなどなくても、私は王になれる」

「教皇と諸侯の承認がなければ、王は名乗れないぞ、サドエリ。そんなことも知らずに、醜王エドモンドに乗せられて、国を売ったのか」

アルマンは憎々しげにサドエリを見ながら言った。

「それだけじゃない。おまえは、もっとも恥ずべきことをした。父上を……殺したな」

言われてサドエリは、さすがに視線をアルマンから逸らせた。

「どうせこのまま戦い続ければ、いずれは負ける。敗戦で何もかも失うより、自分達の領地を確保しておくほうが賢明だ」

サドエリの言葉に、アルマンはぎりっと奥歯を噛みしめた。

「勝機はあった。おまえが余計なことをしなければ、勝てたのだ」

「そうかもしれないが、それではこの国はいつまで待っても私のものにならないからな」

そこでサドエリはラドクリフに近づいてきて、マントに覆われたままの姿を不審そうに見つめた。

「いたぶられるのを覚悟で、アルマンを救いに来るとは殊勝な心がけだ。だがこれからは、地獄を味わうことになるぞ。アルマンが白状するまで、ずっとその目の前で犯し続けてやろう」

ちらっとホズルを振り返り、サドエリは嫌らしげに笑う。

「オーソン卿を抱きたがっている男なら、いくらでもいるからな」

同意を求めたかったのだろうが、ホズルは押し黙っている。自分の欲望を知られることが恥ずかしいのだろうか。

「それでもアルマンが吐かなければ、まず指を一本ずつ切り落とし、さらにその美しい目を片方ずつ潰していこうか？　それでも耐えられるか、オーソン卿？」

「そんなことをしなくても、簡単に王位は手に入ります」

ラドクリフの言葉に、サドエリは笑った。

「そうだな。アルマンを殺せばいい。それだけだ。だがそなたは殺さぬぞ。鎖に繋いで、慰み者として飼ってやる」

「どうせ飼われるなら、ホズル将軍、あなたに飼われたいと思います」

ラドクリフはホズルに顔を向けて、ゆっくりとマントのフードを外した。

「何の趣向だ」

サドエリはぎょっとして、ラドクリフから急いで離れる。

すでにラドクリフの美しい顔は、花で埋め尽くされていたのだ。

名前を呼ばれたホズルも驚いている。

そこでラドクリフはマントを脱ぎ捨て、続けて身に纏っているものをすべて体から取り除き始めた。

「ホズル将軍、あなたは王になる方法をご存じでしょう？　今はサドエリ殿下の臣下のふりをなさっておいでですが、いずれは……世界の王になられるのですよね？」

「な、何を言ってるんだ」

ホズルは狼狽えている。サドエリは明らかに疑わしそうに、ホズルを見ていた。

「騎士の宣誓のときに、ホズル将軍は私のせいで排斥された。それを恨みに思われたのでしょうが、あなたに呪われたおかげで、私はこんな体になってしまいました」

上半身を埋め尽くした花は、今、下半身に向かって広がっているところだった。それは見ている誰の目にもはっきりと分かる。茎は生き物のようにラドクリフの体を這い、新たな花を一つ、また一つと咲かせていた。

「ラドクリフ、どうしたんだ、それは！　広がっていくぞ」

今度はアルマンが悲鳴を上げた。そこでラドクリフは、サドエリに向かって語りかける。

「ホズル将軍の愛人は、本物の魔女です。どんな願いでも叶えてくれるそうですね。ほんの小さな傷を付けられただけなのに、見てください。どんどん傷は花になって、今に私のすべてを呑み込んでしまうでしょう」

一番驚いているのはホズルだった。きっと酔った勢いで、ジプシー女を抱いたのだ。そして口から出任せに、一番憎らしいラドクリフの不幸を願ったのだろう。

だが本当に呪いが効くとは、信じていなかったに違いない。

「まさか……そんな……」

ホズルはまだ信じられないというように、ラドクリフを見つめている。

「何でも願い事は叶えてくれるそうですね。けれどそのためには、彼女を抱かないといけない。残念ですが、私には出来ません。私は女を抱けない体、いえ、殿下以外の誰にもこの身を自ら与えたりはしませんから」

ラドクリフの言葉に、ホズルの動揺はさらに大きくなっていく。その脳裏には、あのジプシー女のことが渦巻いているのだろう。

「待て、オーソン卿。そんな嘘で我々を誑かそうとしても無駄だ」

サドエリはすっかり狼狽えていた。これがラドクリフの描いた絵でないことははっきりしている。

腹部から背中、そしてついには柔らかな毛で覆われた性器の周りにまで、花は見ている前でゆっくりと増殖しているからだ。

「この呪いは……私を本当に愛してくれる者にしか解けないそうです。けれど私に、そんな人はおりません。殿下の寵愛も失い、親にも疎まれ……こんな不気味な姿になってしまったら、もう誰も愛してはくれないでしょう」

ラドクリフはわざとサドエリに近づく。するとサドエリは悲鳴を上げて飛び退いた。

「ホズル将軍、いかがですか？　あなたの愛人の力の凄さが、これで分かったでしょう？　なぜ彼女を大切にしないのです」

「い、いや、それは……」

「いっそ妻として娶ったらどうですか？　そうすれば、あなたはこの国を手に入れられるだけじゃない。隣国も、さらにはその先の国々も、楽々手に入れられるでしょう」

ホズルは落ち着かない。内心、今すぐにジプシーの一行を捜しに行きたくなってきた筈だ。あの女を妻にすれば、何もかも思いどおりになると考え始めたのだろう。

邪心の塊《かたまり》である男達は、もはや自分のことしか考えていない。

そこがラドクリフの狙いだった。

ラドクリフはゆっくりと身繕いを始める。これは血なのだろうか。それとも花びらの色なのか、肌に触れた部分は赤くなっている。

「オーソン卿、その女の居場所を知っているのか？」

サドエリに聞かれて、ラドクリフは悲しげに微笑む。

「もちろんです。私が彼女を抱けたなら、何の苦労もなく、殿下をお助けできたのですが」

「願い事を何でも叶えると言ったのか？」

「ホズル将軍の願いは、こうして叶っています。私を世界一醜い化け物にしたかったのでしょう？違うのですか」

ホズルはもう出口にばかり目を向けている。それを知ってサドエリは剣に手を掛けた。

「何をしている、ホズル。まさか、ここを出てその女の処に行くつもりか。そうはさせるか」

サドエリはそのまま剣を手にして、ホズルに襲い掛かっていった。

狭い地下牢の中で、激しく剣がぶつかり合う音が響いた。アルマンがここにいるのを知られたくないのか、お互いに従者の一人も連れていない。自分の身を守るには、実力によるしかないのだ。

ラドクリフはすぐにアルマンに駆け寄り、その戒めが解かれていることを確認した。

「殿下……これでお別れです。ご武運を祈っております……」

アルマンに素早くキスをすると、ラドクリフはマントの下に隠された剣を取ろうとする。けれど先にアルマンが剣を奪っていた。

「花が全身に広がる前に、何をしたら助けられるんだ？」

真剣な顔で聞かれて、ラドクリフはため息を吐くしかなかった。

「知りません。そこまで教えてはくれませんでした」

そのとき、戦う二人が近づいてきた。剣の切っ先が、ラドクリフの体の寸前を過《よ》ぎる。

アルマンはよろける足で立ち上がり、そのままサドエリに向かって剣を振るう。

ホズルの裏切りは予想外だったのだろう。それほど腕の立たないサドエリは、明らかに不利だった。

「ア、アルマン。兄上、敵は、私じゃない。この男だ。生かしておいたら、魔法で王位を奪うぞ」

「その前に、二人とも地獄に落とす」

アルマンは迷わず、サドエリの腹を刺す。すると同時にホズルが、サドエリの胸を刺し貫いていた。

「ラドクリフ、剣を拾えっ」

命じられなくてもラドクリフは、サドエリの手から剣を奪い構えた。

こうなるとホズルは不利だ。二人を相手にしなければいけない。

「殿下を倒せ。そうしたらラドクリフ、俺が呪いを解いてやる。そして二人で、世界の王になろうじゃないか」

慌てたホズルは、またもや愚かなことを口走る。

「甘く見るな。私は殿下の騎士だ。生涯の忠誠を誓い、殿下のみに命を捧げる。騎士とは、そういうものだと思い知るがいい」

ラドクリフはホズルに斬りかかる。ホズルが受けているうちにアルマンがその腹を切り裂き、続いてラドクリフが胸に剣を突き立てた。

ホズルの返り血を浴びた途端、それまで色のなかった花が、いっせいにその花びらを赤く染め始めた。

「あっ……あああ……」

ラドクリフは剣を投げ捨て、どんどん赤く染まっていく全身を見回し震えていた。

「落ち着け、ラドクリフ。疑ってすまなかった。真意も分からず、信じ切れなかった自分が恥ずかしい。ホズルの嘘に踊らされて、危うくラドクリフを失うところだった」

アルマンはラドクリフの体を抱き締めてきた。

「殿下、呪いがうつります。どうか……お下がりください」

「構うもんか。呪われるなら、共に呪われてやる」

「いけません、殿下……こんな化け物のような姿になってしまったのに」

「花に埋もれているだけだ。その下には、私の愛しいラドクリフがいる。よく助けに来てくれた」

ついに誤解は解けた。アルマンは本気でラドクリフにキスをする。ラドクリフはもうこれで、いつ死んでもいいと思えた。

「一番辛いのは、殿下の信頼と愛を失うことでした。私は、もう満足です……」

アルマンのキスは本物だ。いつものように深い愛が感じられる。

ラドクリフはついに愛を取り戻したのだ。

「……おかしいな……唇の周りから、花が消えている」

「えっ？」

そう言われても、ラドクリフには自身で確かめる方法もない。

アルマンは急いでラドクリフの手を取り、そこに唇を押し当てて強く吸った。すると吸われた部分の花が、すっと消えてしまった。

「あっ！」

本当にラドクリフを愛する者だけが、呪いを解くことが出来ると言っていたが、それはこういうことだったのだろうか。

アルマンはすぐにマントを拾い、ラドクリフに着せかけた。

「ここを出よう。呪いには私の唇が効果があるようだが……こんなところにいつまでもいたくはない」

そう言うとアルマンは、血を流して倒れている二人の裏切り者の亡骸《なきがら》を見下ろした。

「サドエリが私を憎んでいるのは分かっていたが、まさかここまでのことをするとは思わなかった」

親子が、兄弟が、憎み合い、裏切り、殺し合う世の中だった。その根底には、戦に出ている長い不在の間に、妻の不貞によって出来た子ではないかとの疑いがあるのだ。

ラドクリフと同じように、サドエリも出生を疑われていた。けれど不貞の子ではなく、取り替えられた子供だったのだ。

その秘密を知ったサドエリは、平気で父王まで殺せたのだろう。

裏切りはすでに、出生の時から始まっていたのだ。父王の愛妾の呪いは、見事に成就した。后を病から死に追いやっただけではなく、こうして最後は王までも殺してしまったのだから。

「父の葬儀は盛大に行おう。それしか、もう私に出来ることはない」

悲痛なアルマンの言葉に、ラドクリフは慰めようとそっとその体を抱いた。

「陛下の魂は、ずっと殿下と共にあります。お力を落とされませぬよう」

「ああ、分かっている、ラドクリフ。まだ戦いは終わっていない。卑劣な手を使った醜王エドモンドに、いつか必ず報いを与える」

「はい、それでこそ、殿下です」

アルマンはラドクリフと手を繋ぎ、片方の手に剣を持って地下牢から出て行く。すると前方から、大勢の足音が聞こえてきた。

「ここには誰も近づけないと思っていたが、甘かったな」

すぐにアルマンは剣を構え、ラドクリフを守るように立つ。けれどラドクリフも剣を構え、共に戦う姿勢を示した。

「そうだ……それでいい。共に守り合う、死をも恐れぬ高潔な騎士……ラドクリフ……愛している」

ラドクリフはアルマンに身を寄せ、ため息に乗せて囁いた。

「殿下……私も、愛しております。ここで命を失うようなことがあっても、また来世できっと殿下に巡り会えますから」

「ああ、そうだな」

二人はそのまま、先に敵兵がいるのも恐れず階段を上がっていった。

ところが階段の先にいたのは、生き延びた騎士達だった。傭兵達は、騎士達の入城を阻まなかったのだ。

「殿下、ご無事で」

「おお、皆も無事だったか」

騎士達の歓声が沸き上がる。けれどアルマンは、静かにするようにと手を挙げた。

「騒ぐな。まだすべてが終わったわけではない。サドエリとホズルは死んだ。亡骸を広場に晒し、残党を城から追い出せ。すべてを一任する。私には、しなければいけない急務があるのだ」

そこでアルマンは、ラドクリフのフードを外し、皆にその顔を晒させた。

「私を命懸けで救ってくれた、ラドクリフに報いたい。どうやらこの呪いを解けるのは、私だけのようだからな」

「そんなことならお任せください。指揮官を失えば、傭兵など烏合《うごう》の衆です。騎士団の力を見せつけてやりますから」

皆の意気は上がっているが、ラドクリフを見る目つきには憐れみが籠められていた。

絶世の美貌を誇った騎士が、その顔に禍々《まがまが》しい赤い花を咲かせている。その様子はあまりにも痛々しく見えるのだろう。

けれどラドクリフの体は、まだ精気を失っていない。アルマンを救えたことで、むしろ気分は高揚し晴れやかなくらいだ。

しかもアルマンの唇が、呪いを解いてくれるかもしれない。救いが待っているのだ。

二人は手を繋ぎ、アルマンの部屋に向かって再び走り出す。

城内の至るところで小競り合いが始まったのか、剣の音と怒声が響いていた。

アルマンは回廊で立ち止まると、声を限りに叫ぶ。

「サドエリは死んだ。今より、皇太子アルマンに刃向かう者は謀反人となる。もうかりそめの王はいないぞっ」

戦う者達の間に、動揺が広がるのが感じられた。それを見てアルマンは笑っている。

「たった一日の、かりそめの王だったな。いや、王にもなっていなかった。父の喪にも服さず、挙兵するとは愚かな男だ」

「ずっとこの機会を狙っていたのでしょう。先に気付かなかったことが悔やまれます。そうすれば、陛下もお助け出来たかもしれないのに」

「どんなに悔いても、父は戻らない。酷い裏切りだった……。人の悪心というものを、これで学べたと思うことにしよう。それよりラドクリフを救わないとな」

二人は速度を弛めて、また歩き出した。ほんの数日、城から離れていただけなのに、何年もが過ぎたように感じられる。

それはこの城が、僅か数日の間にすっかり荒れ果てていたせいだった。

すでに足先まで広がったのか、歩くと痛みが感じられる。全身に広がったらどうなるのだろう。激しい痛みが襲うのだろうか。不安になって先ほどアルマンに吸われた場所を見ると、そこだけは綺麗なままだった。

アルマンは燭台《しょくだい》を手にして、ラドクリフの体を照らして見ている。恐る恐るラドクリフも見てみたが、あれだけ派手に伸びていた茎の動きも今は止まっていた。

「先ほどの話では、ホズルがそんな呪いを依頼したらしいが本当か？」

「呪いを掛けた魔女からその名前を聞いたのですが、ホズルのあの狼狽えようでは、合っていたようですね」

「ホズルが死んでも、呪いは消えていない。不思議な呪いだ」

「私を愛する者だけが、救えると言われました」

「だったら私しかいない」

アルマンは嬉しそうに笑うと、ラドクリフと共に寝台に上がる。

ほんの数日前、ここで体を重ねたときの記憶が、俄に蘇ってきた。あのときは戦を前にしての高揚した気分で、幾度も激しく愛し合ったものだ。

枕元に香草が置かれた寝台は、丁寧に整えられている。いつ主が戻ってもいいように、小さな卓の上には水差しに新鮮な水が用意されていた。

「殿下もお怪我をなさっておいでです」

すぐにラドクリフは寝台を下りて、布を水に浸し、きつく絞ってアルマンの元に戻った。

「手当をなさらなければ」

「こんな傷など、どうということもない。すぐに治る。それよりラドクリフ、着ているものを脱いでその体をもう一度よく見せろ」

「……はい……」

すべてを脱ぎ捨てると、中はさらに恐ろしいことになっていた。いつの間にか花の茎には葉が生えていて、緑色に染まっている。赤い花と緑の葉は本物のようで、今にもラドクリフの全身から花びらが落ちそうだ。

アルマンはラドクリフの手から布を奪い、慌ててこすり出す。けれどそんなことをしても、花も葉も消えはしなかった。

「こんな呪いなど見たことがない。その魔術師は、どんな女なんだ？」

「分かりません。いきなり抱いてくれと望まれましたが、私は……殿下以外の誰とも体は重ねないと誓いました。我が身のためとはいえ、そんな女の思うようには、させたくなかったのです」

「貞節を守るために、甘んじて呪いを受けたのか？」

「……はい……殿下以外の誰にも……この身を触れさせたくなかったんです」

ついにラドクリフは、溢《あふ》れる思いを堪えきれずに涙を流した。

「この数日、殿下のことを思って、心は乱れるばかりでした。またこうして、お側にいられるだけで幸せです。もし呪いが解けず、ご寵愛が消えても、騎士として側に仕えることだけはお許しください」

「こんなことで愛情が消えるものか。むしろ愛しさが増している。そんな体を人前に晒すのも嫌だろうに、私のために羞恥に耐えてくれたのだからな」

アルマンは布でこすった部分を甘く吸う。すると途端に花も葉も消えてしまった。

「殿下、もし殿下に呪いがうつったらと思うと、これ以上していただくのが怖いです」

「そうしたらラドクリフが、同じようにして呪いを消してくれればいい。二人で交互にやっていけば、いずれ呪いのほうが諦めるだろう」

そう言って爽《さわ》やかに笑うと、アルマンはラドクリフの体を寝台の上に横たえた。

そして汚れた部分を軽く拭《ぬぐ》うと、ラドクリフの全身を甘く吸い始める。

いつもアルマンに吸われた痕が、小さな花びらのように残ることを、ラドクリフは思い出した。

けれど今は花びらは生まれず、代わりに新しい花が次々と消えていく。

「ああ、殿下……」

吸われているうちに、自然と体が興奮してきてしまうのは、ラドクリフにもどうすることも出来ない。

それはアルマンも同じだった。

お互いに体も心もぼろぼろになっている。それでもなお、求める気持ちは強くなっていく。

「殿下、こんなときなのに……」

ラドクリフはアルマンの額を見る。すでに傷跡の血は固まっていたが、シャツから覗いている体の

他の部分にも、赤黒い痣《あざ》があった。

痛々しいアルマンの姿を見てもなお、ラドクリフはアルマンが欲しくてたまらない。燃え上がった情欲が、まだ体に残る花々を、より鮮明に毒づかせているように見えた。

「遠慮するな、ラドクリフ。私も同じ気持ちだ。体は痛むが、それよりもっと心が痛む。この心の傷を癒《いや》すには、愛し合うしかなさそうだ」

おおらかに言うと、アルマンは着ているものを脱ぎ出す。

「こんなに傷があるのに……」

戦場で受けた傷の上に、ラドクリフはそっと唇を重ねる。自分が側にいたら、少しでもこの傷を少なくさせることが出来ただろうにと思うと悲しかった。

「不思議だな。サドエリの虜囚になったことより、ラドクリフに裏切られたと思ったときに腹が立った。よく考えれば、ラドクリフを逃がす必要があった意味も分かっただろうに、ただ悔しくて、おかげで痛みすら忘れた」

「お側にいればよかったと、今でも後悔しています」

「いや、それでよかったんだ。もし側にいたら、サドエリは真っ先にラドクリフを狙っただろう。命懸けで私を守ることを、知っていたから」

すべて脱ぎ捨てたアルマンは、自身の不覚で帯びた傷を恥ずかしそうに示した。

「後ろに目がないのは、どうしようもない。その魔女は、金を積めば後ろに目をつけてくれたりはしないのだろうか」

「抱かねば願いは叶えてくれません……。殿下、この戦の勝利のためなら、魔女でも抱きますか？」

ラドクリフが不安げに言うと、アルマンは笑いながら首筋を吸う。

するとまた一つ、花が消えていった。

「抱くものか。ラドクリフだけしか愛せない。勝利は……いずれ、この手で手に入れる。魔力なんぞに頼らないから安心しろ」

「はい……」

二人はそこでしっかりと抱き合う。それからラドクリフは、アルマンのものを濡らすために、性器に唇を近づけていった。

「ところどころ花が消えている。いいぞ、時間を掛けても、きっとすべての花を消してやるからな」

足先まで広がったけれど、そこで花の増殖は止まった。今度は葉が開いていくが、それも少しずつ弛やかになっている。

アルマンのものをラドクリフは口に含んだ。するとそれだけで、顔にあった花が薄くなっていくことにアルマンが気付いた。

「顔から花が消えていくぞ……」

「私には見えません。そうなんですか？」

「そうだ、ラドクリフ、いっそ私の精を呑み込め。そうすれば、もっと早く消えるかもしれない」

アルマンに命じられたことなら、どんなことでもラドクリフは従う。ましてやこんなことだったら、喜んでやった。

屹立したアルマンのものを、思いを籠めて丹念に吸った。するとそれに呼応するように、アルマンのものはびくっと震えながらさらに大きさを増し、ラドクリフの口中いっぱいに膨れ上がる。

アルマンのものの先端から、じんわりと先触れの蜜が湧き上がってきた。

それをラドクリフは丁寧に舐め取る。

さらに首を上下に動かして、アルマンの射精を促した。

「ああ……ラドクリフ……すべてが抜け出ていくようだ。裏切りも……父を失った悲しみも、綺麗に溶け出して流れていけばいい」

アルマンは全身の力を抜き、されるままに横たわっている。

そして口中に、いきなり生温かいものが広がった。

アルマンの吐き出した精を、ラドクリフは呑み込んだ。

それと同時に、ラドクリフの体に散った花と葉から、すべての色が消えていく。

「あ……ああ、殿下……消えました」

愛する者だけが救える。何という呪いだろうと思ったが、魔女は嘘を吐いてはいなかったのだ。

アルマンの愛が、ラドクリフの肉体に咲いた花を散らせていく。

「もう一度だ。私をその気にさせろ。今度は、いつものように愛し合おう。また何か変わるかもしれない」

「はい……」

再びアルマンのものが元気になるように、ラドクリフは唇を蠢《うごめ》かせる。するとそれに呼応して、アルマンのものは徐々に回復して元気を取り戻した。

「よし……もう大丈夫だ」

アルマンはラドクリフを俯せにすると、屹立したものをそこにあてがう。もう最初の頃のような痛みはなかったが、まだラドクリフの中に別の不安が残っていた。

もしアルマンにまで呪いが広がったらと、それをラドクリフは案じていたのだ。

アルマンのものが、その部分に先端をめり込ませる。

「あ、あうっ……ああ」

けれど不安は、快感への期待と一瞬ですり替わった。気が付くとラドクリフは、より高く腰を上げて、アルマンを誘うような仕草をしていたのだ。

「消えてしまえ、呪われた花め。ラドクリフをこれ以上苦しめるな。また増えても、こうして、何度でも愛し合って、消していってやるからな」

ぐっと中まで、アルマンは屹立したものを押し込んでくる。

「あっ……ああ」

ラドクリフもまた喜びで、蜜をだらだらと零し始める。

それに力を得たのか、果てたばかりだというのに、アルマンはラドクリフの中に激しく突き入れてきた。

「あっ……ああ、殿下……あっ、ああ」

甘い陶酔が、ラドクリフを包み込む。

愛されていることの幸せに、ラドクリフは酔い痴《し》れた。

するとそれと同時に、花が一つ、また一つと消えていった。

「ああ、消えていく……」

愛する者がいれば、実はたいした呪いではなかったのかもしれない。

そう思わせるほど簡単に、花は次々と消えていった。

「ああ……殿下……消えていきます」

「私達の愛の勝利だ、ラドクリフ。きっとこれからは何もかもうまくいく。そうだ……うまくいくようになるんだ」

アルマンは快感に酔いながら、譫言《うわごと》のように呟いた。

「殿下……二度と……お側を離れません」

「離すものか」

ぐっと強くラドクリフの腰を抱き、アルマンは獣の咆哮《ほうこう》のような声を上げる。

傷だらけのアルマンは、その時、魔力をも跳ね返す、獣の王のように勇ましかった。

体の深奥に、アルマンの精を受けた瞬間、ラドクリフにもはっきりと呪いが消えたことが感じられた。病のように熱を出していた体は、情欲の発する熱だけに収まってきている。

二度続けて挑んだアルマンは、精を放ってしばらくの間、ラドクリフの体を抱いてじっとしていた。

その間に、ついに呪いの花は姿を消していた。

幸福な蜜月が戻ってきたのだ。二人は城内の内庭にある泉水に体を浸し、汚れ、傷ついた体を洗い合う。

ラドクリフの体からほとんどの花は消えたが、なぜか腹部にだけぽつんと一つ、線だけの花が残ってしまった。

それはいくらアルマンが吸っても消えない。呪いの刻印のようだ。

「なぜ消えないんだ」

アルマンは苛立った様子で、何度もそこに唇を押し当てて強く吸った。すると花はほんのりと赤く染まる。だがそれは、いつもアルマンが付けてくれるものだった。

「殿下、これはきっと戒めです。私を救ってくださった殿下を裏切ることのないように、花はここにいるのです。殿下を裏切ったら、また花は咲き出すのでしょう」

「そうか……戒めか。ならばここに咲いているがいい。二度と増えることはないだろうから、たった一つだけで、ラドクリフを彩ることは許してやろう」

アルマンの手に触れられて、花びらが揺れたように感じられた。

ラドクリフは冷たくなってきたアルマンの体を心配し、泉水から上がるように促す。

「王の葬儀の準備をなさらなければなりません」

「そうだったな……ラドクリフ……すまぬ、一つ、嘘を吐いた」

思い詰めたような顔で、アルマンはいきなり切り出した。

「後継者のことを書いた書簡など、実はないんだ」

「えっ……」

「私が死んだら、まずは異母弟の中から後継者が選ばれる。それが無理なら、有力な諸侯達が、王に相応しい者が現れるまで、宰相として国を守る。実に単純明快なことだ。サドエリは焦ったせいで、王になりそこねたな」

それを聞いてラドクリフは頷いた。

「いいえ、あると思わせたことは、賢明な処置だと思われます。後は、二度とこのようなことが起こらないように、これからも警戒なさることです」

泉水から出たアルマンの体を、綺麗な布で拭ってやりながら、ラドクリフはその逞しい裸体をうっとりと眺めた。

何度抱き合っても、また欲しくなる体だ。アルマンは強靭で疲れるということを知らない。葬儀の準備の前で慌ただしい時間だというのに、ラドクリフはまた発情している自分を恥じた。

「どうした、そんな潤んだ目で見て？」

「い、いえ……」

下半身を見られたくなくて、ラドクリフはそれとなく隠そうとする。けれどアルマンに素早く見られてしまった。

「私の騎士は、かなり欲深とみえる」

アルマンは豪快に笑うと、ラドクリフの手を取って立たせた。

「落ち着いたら、一度家に戻るのを許す。私も葬儀の準備をせねばならぬが、ラドクリフも父の葬儀なのだろう？」

「あれはきっと私をおびき寄せるための嘘です。今頃父は、自分の犯した罪に怯えているかもしれません」

「罪には問わぬと言って安心させろ。きっとラドクリフを殺すと脅されてやったことだ。そうとも思わなければ……悲しすぎる」

「はい」

そのまま二人はまたアルマンの部屋に戻る。着替えさせるのは従者の仕事だが、そんなことまでラドクリフは自ら行ってしまった。

「お召し物を用意いたします」

「その前に、その体をどうにかしないといられないだろう」

「……私は、何て強欲なんでしょう。恥ずかしい限りです」

騎士の本分を忘れ、アルマンの愛情ばかりを求めてしまうことを、ラドクリフは恥じた。

けれど恥じ入るラドクリフを、アルマンはまた寝台の上に横たえてしまう。

「正直なことはいいことだ。それがラドクリフのいいところだろう。心にも、体にも嘘を吐かない」

体に一つだけ残った花を、アルマンは指先でなぞって笑った。

「この花は、私の愛を求めるんだな。私がラドクリフを愛さなくなったら、きっとまたあのように咲き乱れるんだ。不思議な花だが、ラドクリフの体に相応しいかもしれない」

再びアルマンは花に唇を押し当てて吸った。そしてそのままラドクリフのものに顔を近づけていく。

「咲かないことが美徳とは、悲しい花だな。花はいつだって咲き誇りたいものだろうに」

「だから呪いの花なんです……」

ラドクリフは愛しげにアルマンの髪を撫でて、それとなく愛を示す。

するとアルマンはラドクリフのものを優しく吸い始めた。

「あっ……殿下……」

「せっかく清めた体だ。汚すことはない」

「はい……嬉しいです、殿下」

男を求める魔女は、愛を知らないとラドクリフは思う。本当の愛を知っていたら、呪ったりはしないだろう。

だが裏切ったら恐ろしい呪いを掛けられると知っていて、魔女を愛する勇気のある者は果たしているだろうか。

これまで一人もいなかったから、魔女はああして夜になると、愛を求めて流離うのだ。もしかしたら死ぬまで永遠に、魔女の苦行は続くのかもしれない。

「殿下……私は、幸せです」

冷たくなった体が、アルマンの愛を受けて再び熱を持ちだした。

ラドクリフは体勢を入れ替えて、自らアルマンのものを口にする。

二人は同時に、相手に喜びを与える作業に没頭し始めた。

「あっ……ああ、殿下……いえ、今度からは陛下とお呼びしないといけないのですね」

「いや、それより名前で呼んでくれ。二人きりのときは、アルマンと」

「アルマン様」

「アルマンでいいんだ。そう呼ばれたい」

「アルマン……」

たかが名前を口にするだけなのに、何と甘美に感じられるのだろう。

葬儀の前に何と不謹慎なと、ラドクリフは反省もしていた。けれど溢れ出る情欲は、もう抑えることが出来ない。

二度とアルマンの寵愛は得られないと、一度は諦めかけたのだ。

なのにこうして、また寵愛を得られて、ラドクリフは幸せの甘い蜜を、思い切り味わっていた。

醜王エドモンドは、楼閣《ろうかく》に立って早朝の城下を眺める。

民の竈《かまど》から、勢いよく煙りが上がっていれば、皆が豊かに暮らしている証だ。良王だったらそうやって城下を見守ったりもするのだが、エドモンドは違っていた。

待っているのは、捕らえられたアルマンだ。それ以外には興味がない。

「おかしいな。そろそろサドエリが、アルマンを連れてくる筈だが」

進軍の途中で、アルマンを捕らえた筈だ。一度城に連れ戻し、王位継承のために必要な書簡を出させたら、ただちにこちらに連れてくると言っていたのに、まだどこにもサドエリの軍がやってくる様子はない。

「捕らえた筈だが……」

サドエリが裏切ったのだろうか。いや、サドエリが今更アルマンに寝返るということはあり得ないから、あるいは勢い余って殺してしまったのかもしれない。それなら十分にありそうなことだ。

「貢ぎ物も寄越せぬなら、早々に始末するか」

愚かなサドエリを巻き込んだことで、たいして手を汚さずにアルマンが手に入る筈だった。期待を裏切られ、エドモンドは苛つく。

すぐにでも兵を再び隣国に向けようと思っていたら、城に向かって真っ直ぐに走ってくる馬に気が付いた。

「言い訳の使者を寄越したのか？」

けれど馬が近づいてくると、その背に自国の旗を背負っているのが見えてきた。どうやら隣国に潜り込ませている内偵者が、伝令を寄越したらしい。

「伝令が先に来たということは、サドエリはしくじったんだな」

楼閣を下りたエドモンドは、伝令を迎える支度をするために自室に戻った。

「残念だったな、ダリル。本物のアルマンが手に入ったら、おまえを自由にしてやるつもりだったが、少し先のことになりそうだ」

部屋にはいつでも影のようにひっそりと、ダリルが佇んでいる。美食をさせ、肌の手入れなどさせたら、元々の顔立ちがいいせいか貴族のように品がよくなってきた。

見た目はますますアルマンに似てきている。けれどやはりアルマンが持つ、帝王の覇気がない。物静かで、ただ美しいだけの若者は、水面に映ったアルマンの影のようだった。

ダリルは黙って、エドモンドの着替えを手伝う。この頃エドモンドは、ダリルの前では平気で醜い半身を晒すようになっている。

そうなったのは、醜い半身を見せても、ダリルの目に怯えが走らなかったからだ。

何をしていた若者なのかも、エドモンドは知らない。たまたま通りがかった回廊に、アルマンによく似たダリルがいたから、部屋に引き入れて犯した。

ただそれだけだ。今もダリルが何を考えているかなんて、全く興味はない。従順にしているから、用がなくなっても、命を奪わず自由にしてやろうと考えているだけだ。

本物のアルマンが手に入ったら、どうやっていたぶろうかと、いつもそればかりを考えている。二度と玉座には座らせず、死ぬまでエドモンドの性奴としてやるつもりでいた。

けれどサドエリがしくじったなら、アルマンは王位に就いてしまう。

「いいだろう。王を辱める。そのほうがずっと楽しめるからな」

あのアルマンが王となったら、隣国の領民は美男王と称讃するだろう。今から、そう叫ぶ人々の声が聞こえてくるようだ。

「陛下は、何でそんなに隣国のアルマン王子を嫌うのですか？」

見事に細工された黄金の仮面を、エドモンドの顔にあてがいながらダリルは訊ねる。

「理由はいるか？　そんなものなくても、気に入らないものは気に入らない」

そこでエドモンドはダリルの腕を強く掴み、より近くに引き寄せてその耳元で囁く。

「たとえばこの顔だ。この顔が気に入らない」

「でも……本当は、惹かれているのではないですか？」

いつもは物静かなのに、今日のダリルは珍しく失言した。エドモンドは瞬時に、黄金の指輪をした手でダリルの顔を殴りつけていた。

ダリルの頬は傷つき、血が滴る。それを見てエドモンドは笑った。

「本物と同じように、傷だらけにして欲しいのか？」

「いいえ……ただ悲しいだけです。私は、いつまでもアルマン王子の影でしかない。陛下に、憎まれることも、愛されることもないのですから」

「それ以上、何も言うな。今度余計なことを言ったら、その首を刎《は》ねないといけなくなる。アルマンがやってきて完璧な性奴となるまで、おまえには利用価値があるんだからな」

もしかしてダリルは、本気でエドモンドのことを愛しているのだろうか。だからアルマンに嫉妬しているのだというふうには、エドモンドは決して考えない。

自分は恐れられても、愛されることはないと、エドモンドは確信しているのだ。

「可愛いことを言うとでも、思われたかったのか？　私に気に入られたかったら、ひたすら黙っていることだ」

エドモンドはダリルの血で汚れた指輪を、わざわざダリルの衣で拭うと、そのまま部屋を出て行く。

そろそろ伝令が辿り着いた筈だ。王の執務室に入ると、宰相のデモンズが頭を下げてくる。

「伝令がまいりました」

「うむ……」

渡された書簡を開き、すぐに目を通したエドモンドの眉間には、引き攣れたような皺《しわ》が寄っていった。

「……どういうことだ」

サドエリとホズルは、アルマンによって処刑され、亡骸は広場に見せしめのため晒されている。サドエリが雇った傭兵達は、ラドクリフによって買収され、今はアルマンの兵となった。

国を挙げて、先王の葬儀が営まれるが、その後ですぐにアルマンは戴冠する。そして戴冠の後、態勢を整えて再度参戦してくるつもりだろうとあった。

「ラドクリフ、ラドクリフ・オーソン。アルマンの騎士か……」

ただの美しい人形ではなかったようだ。あの混乱の中、どこからか金を調達して、傭兵を買収した手腕は認めねばならない。

「陛下……さらにこのようなものが」

デモンズはさらに別の書簡を差し出す。これ以上腹立たしくなるようなものは読みたくないと思ったが、とりあえずエドモンドは手にして読み出す。

「何だ、これは」

内偵者は、頭がおかしくなったのだろうか。いや、そんなことはない。いつでもこの男の報告は、外れたことがなかった。

「呪いを掛けられる者……魔女がいるのか」

ホズルが依頼した呪いで、ラドクリフが一時酷い状態になっていたが、それもホズルが死んだことで解けてしまったとある。

魔女は国境近くの森にいるジプシーの一団の中にいて、金さえ払えばどんな望みも叶えてくれるそうだと書かれていた。

「愚かな。そんなものを私が信じると思っているのか」

言葉ではそう言っているが、エドモンドの心は激しく揺れていた。

どんな望みでも叶うというなら、ただちにアルマンをここに呼び寄せることも出来るのだろうか。

アルマン達の士気は高い。このまま再戦となれば、エドモンドは自国が不利になることは分かっていた。疲弊した軍隊に代わって、傭兵に期待していたが、その傭兵が寝返ってしまった今、むしろ隣国のほうが兵力では勝っている。

「寵愛している騎士に呪いを掛けられたことで、アルマン王子の怒りは増し、サドエリ王子に対する処分に情けはなかった……。ふーん、そうか、アルマンは、騎士のために、我を忘れて、サドエリとホズルを即座に処刑したのか」

本来ならサドエリを捕らえ、父王殺しやエドモンドと内通していたことを、真っ先に聞き出すのが普通だろう。それを即座に処刑したとは、冷静なアルマンらしからぬ暴挙だ。

「ラドクリフ・オーソン。その男のためなら、アルマンは我を忘れるようだ。それを知って、ホズルはあえてラドクリフに呪いを掛けたのかもしれんな」

ずっとアルマンをいたぶることばかり考えていたが、エドモンドはそこでとんでもないことを思いついてしまった。

独り言を呟き続けるエドモンドを、デモンズは表情一つ変えずに見守っている。先王から宰相の地位にいるデモンズが、狂王と呼ばれた先王よりも恐ろしいエドモンドのことを、どう思っているのかは分からない。

「内偵者と伝令に、十分な報償を与えろ」

下がっていいと言うように、エドモンドは軽く手を振る。

「アルマンに惹かれている？　ふん、そんな簡単なものじゃない」

ダリルに言われたことを思い出し、エドモンドは苦笑いする。

運命が正しく動いていれば、自分がアルマンのような男になっていた。今更、エドモンドの運命が変えられないというなら、アルマンの運命を狂わせて、自分と同じようにしてやればいい。いや、もっと不幸にしてやれば、さらにいいだけだ。

「別にアルマンを犯したいわけじゃない。敵に犯されて、悔しさで歯がみして悶《もだ》える様子が見たかっただけだ」

果たして本当にそうだろうか。

エドモンドは絶対に真実を見ない。敵愾心を抱いているような男に惹かれているなど、決して認めたくはないのだ。

こんなにもエドモンドの心を乱すアルマン。そのアルマンの心を乱すラドクリフ。そうやって考えていくと、どうしてもラドクリフが気になってくる。

「……ラドクリフ・オーソンか。絶世の美男騎士。その美しさが消えたら、アルマンは怒り狂う」

それこそもっともアルマンに相応しい苦しみだ。それにサドエリを巻き込んでの叛乱計画を、いとも簡単に潰してくれたラドクリフには、何らかの報復をしなければいけないから、苦しみを与える相手がラドクリフというのもちょうどいい。

失敗による痛手は、次のことを考えているうちに癒えていった。

「そうだ……あれを使わないといけなかった」

エドモンドは執務室を出て、自室に戻る。そしてさっき殴ったことなど忘れたかのように、猫なで声でダリルを呼び寄せた。

「もう本物のアルマンなどいらない。私にはおまえがいるからな」

王に気に入られれば、いい思いが出来ると思って懐いているだけの若者だろうが、それでもダリルには利用価値がある。

寝台に腰掛けると、エドモンドは膝の上にダリルを座らせ、傷ついた頬を優しく撫でた。

「さっきはすまなかった。アルマンに嫉妬したのか？　おまえの可愛い気持ちに気付かずに、つい腹を立ててしまったな」

エドモンドの豹変ぶりに、ダリルは明らかに戸惑っている。顔を俯け、いつものように悲しげな顔をしていた。

「おまえにいいものをやる。馬だ。明日から、二人で遠乗りをして遊ぼう」

「でも……陛下、今は戦局が大変なときではないのですか？」

「私は急がないことに決めたんだ。いずれ、隣国も手中に収めるが、明日でなくてもいい」

優しくされているというのに、ダリルはこれまで見せなかった恐れの表情を浮かべた。むしろエドモンドが優しいときのほうが、何かあると察しているからだ。

「私に忠誠を誓えるか？」

ダリルは騎士じゃない。ただの性奴だ。そんなものに忠誠を強制しても無駄だろう。それよりも脅すほうが効果がある。そう思って別の言葉を口にしようとしたら、ダリルは震える声で答えていた。

「はい……陛下に忠誠を誓います」

「そうか、誓えるのか。誓ったからには、裏切ったら恐ろしいことになるぞ」

誓わなくてもエドモンドに刃向かえば、恐ろしいことになる。それが分かっていて言ったのだろうが、エドモンドは満足した。

「私の言うとおりにしていればいい」

黄金の仮面を外し、ダリルに素顔を見せる。けれどこの顔を見ても、ダリルの顔に先ほどのような恐怖の表情は浮かばなかった。

目的を遂行するまでは、ダリルにも従順でいてもらわなければいけない。そのためにエドモンドは、いつもはしないような優しいキスをしてやる。

するとダリルは目を閉じ、小さなため息を吐いた。

「どうやら私に抱かれているうちに、体が変わったようだな」

衣の上から、ダリルの体をまさぐる。するとダリルは切なげな表情を浮かべ、遠慮がちにではあるがエドモンドに抱き付いてきた。

「抱かれたいのか？」

「はい……」

「素直でいい」

素直なのは美徳だが、エドモンドにとってそれほど価値のあるものではない。もっと反抗的なほうが楽しめるが、それではダリルの体も傷だらけになるか、命を落とすことになるだろう。

「おまえは賢いな。どうすればいいか、よく分かっている」

エドモンドに正妃はいない。跡継ぎなどという厄介なものを、まだ必要としていないからだ。

自分が死んだ後、この王国がどうなろうと関心はなかった。それよりも今、どれだけ強大な王になれるか、それがすべてだ。

愛妾などと呼べるような者も置かない。もし懐妊でもしたら、彼女らは正妃の座を狙って大騒ぎする。そんな面倒なことになるくらいなら、一度寝た女を毎回殺してもいいくらいにエドモンドは思っているのだ。

その点、小姓相手は面倒がなくていい。しかもこうして慣らしていくと、いい具合で楽しめた。

ダリルの下帯を解き、そのまま跨らせた。そしてエドモンドの興奮したものを、ダリル自ら体内に導くように示す。

「んっ……んあっ」

最初は痛みと恐怖からか堅かった入り口も、今はすんなりとエドモンドのものを受け入れる。

「そうか……アルマンもこの愉しみにはまったのか」

誰からも愛されるアルマンが、未だに正妃を迎えないのもおかしい。やはり嫡子に王位を追われることを、内心では怯えているのだろうか。それなら美しい騎士を愛人にしている意味も分かる。

「あっ、ああ……」

「女のように泣くようになったな」

膨らみのない胸に手を潜り込ませ、小さな乳頭を思い切り抓《つね》った。するとダリルは喉を反らせ、低く呻いた。

「本物のアルマンなら、いたぶる愉しみがあるのに、おまえはふわふわと優しすぎる。こうして痛みを与えても、それで喜ぶようだし面白みがない」

さらに強く乳首を抓ると、ダリルのその部分は一段と締め付けを増した。

「だが、ここは極上だ……」

下から激しく突き入れると、ダリルは身を捩《よじ》ってエドモンドを喜ばせた。

「んっ、んんっ、んっ」

「どうした。叫びたいなら思い切り叫べ。誰に聞かれても、もう恥だなどとは思わなくなっているだろう？」

「ああ、陛下。愛しい陛下。どうか私を……愛してください」

「そんなに私が好きか？　こうされるのが好きなだけだろう」

ダリルをいきなり膝の上から突き飛ばし、エドモンドは床に転がったダリルの興奮した性器を足で踏みつける。

「あっ、お、お許しを……」

「こんなもの、踏み潰してやろうか？　女のような戯言《ざれごと》を口にするおまえには、不用だろ」

甘い愛の言葉が、エドモンドを苛つかせる。そんな言葉は、エドモンドにとっては呪いと同じだ。

「うっ、ああ」

「余計なことを言うなと教えた筈だ」

「は、はい……」

床に俯せにさせたダリルの中に、エドモンドは再び入っていく。まだ達していないのに邪魔されたのが悔しくて、エドモンドは外されたダリルの革ベルトを手にして、それでいきなりダリルの喉を絞めた。

「死なない程度に締め付けると、尻穴の締まりもよくなる」

苦しそうに呻くダリルのその部分は、確かに締め付けを増していた。

「おっと……いけない。殺してしまったらまずいのだ。乗馬を二人で楽しむんじゃなかったのか」

感情に振り回されて、ダリルに優しくすることをすっかり忘れていた。これではいけないと、再びエドモンドは猫なで声を出していた。

「いい締まり具合だ。満足したぞ、ダリル……」

臣下なのに、名前で呼んでやっている。それだけでも十分に特別扱いだったが、エドモンドはさらにダリルに馬を贈ろうとしていた。

遠乗りを楽しみたいのではない。もっと別の目的のために、ダリルが馬に乗れる必要があったのだ。

城の前の広場には、サドエリとホズルの骸が晒されている。サドエリと組んでいただろう王の侍医だったカイザルは、毒を呷って自ら命を絶ったが、その骸も並べて吊されていた。

上空には、いつになく烏《からす》の姿が多い。数日後には焼かれてしまうだろう骸を、今のうちに突きたいようだ。

平和な頃にはなかった、荒んだ雰囲気が城を取り巻いている。事情も分からずサドエリの配下となってしまった兵を、アルマンと共に戦った兵達は蔑《さげす》み、暴行もしているようだ。

再びアルマンに忠誠を示した者は許すと公布したのに、まだお互いの不信感はくすぶっていて、小競り合いはいつまでも続いている。

さらにアルマンが正規に雇い入れた傭兵達が、偉そうにして城下を歩き回っているから、それもまた余計な揉め事のタネになった。

「早く醜王をやっつけて、元のような静かな暮らしに戻りたいです」

領地に戻ることになったラドクリフは、従者のトマスを連れて城を出たが、その途端にトマスのぼやきを聞くことになった。

「そうだな。傭兵を長期間雇うことは難しい。もうすぐ陛下も、正式な再戦宣言をなさるだろう」

傭兵を寝返らせるためにラドクリフが払った私費は、アルマンがただちに返してくれた。両替商は王を救ったラドクリフの英知に報いるために、一切利息を取らなかった。

そのおかげでラドクリフは、金も名誉も爵位も、失うことがなく済んだのだ。

父のオーソン子爵は、死んでなどいない。嘘の死亡通知を、サドエリに利用されただけだと釈明した。あの日、サドエリの配下の者達が、邸の中にまで侵入してきたが、オーソン子爵は妻や使用人を守るだけが精一杯で、何も出来なかったというのだ。

果たしてそれは本当だろうか。

もしサドエリと組んで、ラドクリフを陥れようとしたのだとしたら、父はどんな顔をしてラドクリフを出迎えるつもりなのだろう。

帰り着いた邸は、すでに王の崩御に対して喪に服している。邸の至るところに黒い布が張り巡らされ、贅を尽くした調度品類を隠していた。

半旗が掲げられ、忠誠を評価してくれた先王からの報奨の品々が、広間に飾られている。国の名だたる貴族の邸は、今はどこもこうやって喪に服しているのだ。

中に入ったラドクリフに、使用人達は頭を下げる。けれど皆、どこかびくびくと怯えた様子だった。

久しぶりに戻ったというのに、父が自ら出迎えることはなかった。今回の失態をアルマンは許してくれても、ラドクリフは許さない。そう思って、父は隠れているのだろうか。

「どうやら歓迎されていないようだな」

「とんでもございません、若様。皆、若様の御栄達を心より喜んでおります」

侍従が慇懃《いんぎん》に頭を下げてくる。

「そうか……では、出迎えもせずに、こそこそと隠れている父の居場所を教えてくれ」

「子爵様は……お部屋に」

小さな声で侍従は答えた。その様子は、明らかに罰せられることを恐れている。

「案じることはない。陛下は今回の不始末について、罰することはないとおっしゃった。何の処分もないからいつものように過ごすといい」

ラドクリフの言葉に、ほっとした空気が邸内に流れた。

「若様も、お怒りではないのですか？」

「そうだな。怒ったところで、どうなるものでもないだろう。皆に怪我などなくて、それだけでもよかった」

「それを聞いて、ほっといたしました。若様、実は子爵様は、かなり病が進んだようで、お覚悟を決めてお会いになったほうがよろしいかと思います」

「そんなに酷いのか？」

奥にある父の部屋に向かったラドクリフは、扉を開いた途端に押し寄せてきた、饐《す》えた匂いに顔をしかめる。中に入ると、昼だというのに窓は開かれた様子もなく、床には食べ物の残骸が散らばり、零した酒がところどころに染みを作っていた。

父はここ数カ月の間に、すっかり窶《やつ》れて老いていた。ラドクリフは自分が罵声を浴びせられたことなど忘れて、慌てて父に駆け寄った。

「父上、いったい何があったのです？」

もう何日も、椅子に座ったままなのだろう。汚れた衣服からは、床と変わらぬ饐えた匂いがする。

父は何か譫言《うわごと》のように呟いていたが、濁った目でラドクリフを見ると、力なく言った。

「サドエリ殿下に騙されたのだ。ラドクリフは不義の子……差し出せば、さらなる出世を約束すると言われた……」

「それはいつのことです？」

「前の戦から帰る時だ。王がもう長くはないのは、誰の目にも明らかだった。するとサドエリ殿下は私にすり寄ってきて言ったのだ。いずれ騎士になるおまえの息子は、不貞の結果生まれた子だと。自分も同じ身だ。差し出せば重用すると」

「そんなことは一言も、あの時はおっしゃいませんでした」

父なりに悩んだのだろう。それが戦後の、あの荒れた姿となった原因だったようだ。

「サドエリ殿下は、おまえの美しさを噂で聞いていたようだ。けれど……おまえはアルマン殿下を選んだ。自らの意思で……」

「それで再び、私を差し出せと迫ったのですね。ここでサドエリ殿下の配下の者が、私を捕らえようと待ち伏せしていたのでしょう？」

「ああ……そうだ。だが、賢明なおまえは、そんな嘘の呼び出しに応じなかった。私は恥じている」

「アルマン様は、許してくださいました。父上、こうなったら蟄居《ちっきょ》なさいませ。ただし、こんな豚小屋のような部屋にいては駄目です」

ラドクリフは自ら窓を開きに行き、新鮮な空気を部屋に呼び込んだ。

窓から見える風景は、ラドクリフが幼少の頃と変わらない。なのに父は老い、邸はすっかり荒れ果てている。

年月が荒廃させたのではない。そこに棲む人の心が、そのままこの荒れように繋がっているのだ。

「疑われた母上は、どうされているんです？」

ラドクリフが帰ったというのに、出迎えもしないことを不審に思ったが、何かあったのだろうか。

「私が悪かったのだ。あまりにも疑われたことに怒って、あれは川に身を投げた。幸い、命は取り留めたが、私に対する怒りで部屋から出てこない」

ついに父は泣き出した。その様子を見ていたラドクリフの口元に、優しい笑みが浮かぶ。

父だと思うとその愚かさに腹も立つが、一人の男だと思えば憐れみを感じる。疑ったり、責めたりするのは、それだけ深く妻を愛しているからだ。

「騎士は王と結婚するものです。父上、今の父上にとっては、王より母上のほうが大事でしょう。やはりここは爵位を譲り、静かに蟄居して反省を示すべきです」

「ラドクリフ……」

「私は、戦がなくてもここには戻りません。王と結婚した騎士ですから。蟄居したとはいえ、この城は父上が守らねばなりませんよ。お分かりですね」

そこでラドクリフは扉に向かい、大きく開けはなって、侍従を呼び寄せた。

「父上を入浴させるように。そして着替えを終えたら、奥方の部屋に放り込め。その間に、この部屋を掃除しろ」

ラドクリフの命令に、侍従はほっとした表情を浮かべた。

「それと父上に、酒を提供しないように。私が許す。今夜中に、残った酒は皆で飲み干してしまえ」

「わ、若様、よろしいのですか？」

「ああ、許す。主のためだ」

そう言うとラドクリフは、悪臭漂う部屋から飛び出した。

次は母の泣き言を聞く番だ。母の部屋は父のところよりはましだった。いい匂いがするし、母にとってラドクリフはまぎれもない我が子だったから、示される愛情に揺らぎはなかった。

母はぐったりとした様子で、長椅子に横たわっている。窶れてはいるが、金色の髪が包むその美貌は、ラドクリフに瓜二つだ。

「怒りのあまり、川に飛び込んだのですか？」

庭先から摘んできた花を差し出すと、母は力なく笑う。

「川があんなに浅いと、知らなかったのですもの」

「深い淀みもあります。浅かったということは、死ぬなという神の啓示ですよ」

「そうね。けれど、耐えきれないほどの屈辱だったのよ」

「それは分かりますが……父上は、サドエリに唆《そそのか》されたのです。酒を遠ざけ、冷静になれば、自分の過ちに気が付くでしょう。どうか、許してあげてください」

ラドクリフの真摯な言葉に、母もやっと笑顔になる。けれどすぐにまた、憂いを含んだ顔になった。

「新しい王に寵愛されているのはいいけれど、ラドクリフ、あなたもそろそろ誰かを娶らないといけないわ」

母親らしい心配をしてくれているのは嬉しいが、ラドクリフは即座に首を横に振る。

「いいえ……私は、アルマン様以外の誰とも縁は結びません」

「そんなことを言っても、いずれ王は后を娶るわ。いつまでも、そんなに美しくいられるものでもないし、いつか寵愛は薄れ、あなたは無用のものになるのよ」

「それでも……騎士として、側に仕えることは出来ますから」

するとと母は、激しく首を横に振った。

「あなたは嫉妬という醜い感情を知らないから、そんなに悠然としていられるのだわ。わたしは、あなたが苦しむ姿なんて見たくない」

「大丈夫ですよ。どんなときにも、冷静でいられるのが騎士ですから」

「そんなのは嘘よ。誰かを愛したら、その分だけ苦しむものなのよ」

いろいろとあって感情的になっているのだろう。ラドクリフは母を抱き締めると、安心させるようにその背を撫でる。

「アルマン様が、私の外見にだけ惹かれているというなら、老いることは辛いでしょうが……この心根を愛してくださっているなら、いずれ、肉体の関係が終わりになっても、新たな信頼関係が生まれるでしょう。だから私は、何も心配していません」

強がりではなく、本当にそう思っている。

たとえ肉体を求められなくても、アルマンの側にいられればそれでラドクリフは満足なのだ。

「皆が幸せでいるには、まずはこの戦を終わらせないといけません。私が心おきなく戦地に向かえるよう、母上も父上と共に、仲良くこの領地を守ってください」

「そうね……戦で命を落とすこともあるのだわ。だったらラドクリフ、あなたの命を守るために、これをあげましょう」

母は自分がしていたルビーの付いたペンダントを外して、ラドクリフに握らせた。

「母上、これは女性が身につけるものです。私にはこれを贈るような人もいないし、どうかこのまま、母上が身につけていらしてください」

「いいえ、なぜだか、あなたが持つほうがいいと思うの。あなたを悩ませたお詫びよ。いつかきっと、これが役立つような気がするわ」

血のように赤い色をしたルビーは、禍々しいものの象徴のような気がしてならない。こんなものを母が身につけていたせいで、両親が不仲になったのかもしれないと、ラドクリフも思ってしまった。

甲冑が壊れたり、いい馬を見つけたときにでも、これを売って役立てればいいのだ。そう決めたラドクリフは、ペンダントをハンカチにくるんで金の入った革袋の中に入れた。

「夜までに城に戻ります。母上、もう争い事はたくさんです。父上とまた仲良くしてください」

「もう行ってしまうの？　数日、こちらにいればいいのに」

「戦の前ですから」

それはとても便利な口実だ。

実際はアルマンと、ほんの数刻でも離れていたくない気持ちからの言葉だった。

夕霧が立ち込めている。陽は沈み、残光が僅かに西の空を明るくしていたが、それもどんどん霧に呑み込まれていった。

もっと霧が深くなって、視界が悪くなる前に城に戻りたかった。急ぐラドクリフの前に、突然、馬に乗った男が近づいてきた。

マントを深く被った姿を見て、警戒したラドクリフは剣に手を添え、いつでも戦えるような態勢を整えた。

けれど近づいてきた男が、マントのフードを外した途端に、ラドクリフの口から短い悲鳴が上がる。

「アルマン様？」

口から下を、薄い布で覆っているが、黒髪が垂れた額や頬に、薄暗がりでも分かるほどの斑紋が浮いていた。

「どうなさったのです？」

病んでいるのだろうか。アルマンにはいつもの覇気がない。弱々しい感じで、今にも倒れそうだ。

「どうやら呪われたようだ。ラドクリフ……一緒に、あの魔女を捜してくれ」

「まさか……アルマン様を」

エドモンドだったらやりそうなことだ。だとしたら至急、ジプシーの魔女を見つけ出し、呪いを解く方法を訊ねるしかない。

母がルビーのペンダントをくれたのは、こんなこともあるかと予感がしたせいだろうか。売れば高額なものだし、こんな色のルビーだったら、あの魔女は気に入りそうだ。これでともかく機嫌を取って、アルマンの呪いを解く方法を聞き出すしかない。

「ラドクリフの従者でも、こんな姿を見られたくない」

ラドクリフの背後に控えているトマスに向かって、アルマンは力なく言う。

「トマス、すまないが、一度邸に戻って待っていてくれ」

自分も呪われた経験のあるラドクリフには、アルマンの気持ちがよく分かる。出来ることなら、誰にもこんな病んだ姿は見られたくないものだ。

「しかし、ラドクリフ様。お二人だけでジプシーの元を訪れたら、危なくはないですか？」

「大丈夫だ。誠意を見せれば、きっと分かって貰える。いいか、トマス。このことは、誰にも口外しないように」

「はい、分かっております」

本当は自信がなかったが、アルマンのためにラドクリフはそう言って、トマスをまた邸へと帰してしまった。トマスは内心、不服のようだ。何度も振り返りながら、それでも忠実に言いつけを守って戻っていく。

「アルマン、もうトマスもいません。私には遠慮なく、すべてを見せてください」

「いや、一刻も早く、魔女を捜さないと」

そこでアルマンは、馬を先に進めてしまう。ラドクリフは慌てて後を追った。

そうしているうちに、ラドクリフは違和感を覚え始めた。

アルマンにしては、あまりにも騎乗の姿勢がよくない。いつも一緒に馬を並べて走らせているから、アルマンが巧みな乗り手だというのは知っている。

けれど今のアルマンは、まるで馬を与えられたばかりの少年のように、手綱捌《さば》きもおぼつかない。

もしかして馬に乗るのも大変なほど、具合が悪いのだろうか。

だとしたら、馬で行くのも危険ではないか。信頼出来る従者に任せて、馬車で行くべきだ。

「アルマン……」

腹の一部が、ちりりと痛んだ。花があるところだ。再び魔女に会おうとしているから、痛み出したのだろうか。嫌な感じがして、ラドクリフはこのまま行くのが躊躇《ためら》われた。

「待ってください、アルマン。馬で行くのは無理でしょう。一度戻って、馬車で出掛けませんか？それとも私と同乗しますか？」

その必要がないことは、霧の中から現れた、幽霊のような数人の騎士の姿を見て分かった。

盟友である騎士達の甲冑は、ほとんど覚えている。今、目の前にいる騎士達が纏っているのは、ラドクリフが見たことのないものばかりだ。

「なるほど……考えたな」

いきなり襲ったのでは、下手して逃げられる可能性がある。そこでアルマンに似た若者を使って、ラドクリフをおびき寄せた。敵の待ち構えている処に、自らのこのことやってきたラドクリフを見て、彼らは腹の中で笑っているだろう。

トマスはラドクリフがアルマンと出掛けたとばかり思っているから、しばらくは捜すことをしないだろう。連れ去るのも簡単だ。

マントに身を包んだ若者は、改めて見てもアルマンによく似ていた。ただアルマンより痩せていて、弱々しい印象を受ける。最初からじっくり観察していれば、すぐにこの違いに気が付いた筈だ。

嫌な感じがしたのは、魔女の警告だったのかもしれない。魔女の呪いという言葉が、ラドクリフから平常心を奪ってしまったのだが、そこに付け入ったエドモンドが、巧者だったということだ。

「私をどうするつもりだ？」

「安心しろ。この場で切り刻むようなことはしない。手足を縛って、自由を奪え」

兜を被った騎士の、くぐもった声を聞いているうちに、ラドクリフはもしかしたらこれはエドモンド本人ではないかと思えてきた。

「王自ら、私のような者を捕らえに来たのですか？」

「そうだ。名誉なことと思うがいい」

驚いたことに、ラドクリフの予想は当たっていたようだ。配下の騎士に松明《たいまつ》の火を点けさせると、エドモンドは近づいてきて、じっくりとラドクリフの顔を覗き込む。

「確かに美しいな」

「……私を人質にして、アルマン陛下との交渉材料にするつもりですか？」

サドエリが失敗したばかりなのに、同じ手を使ってくるとは思わなかった。そこに油断が生じたのだ。しかもエドモンドは、ラドクリフが邸に戻ったことを知っていた。それは城の中に、内偵者がいるということだ。

そうでなければ、こんなに都合良く待ち伏せなど出来るものではない。

「人質？　そうだな。そうしてもいいが……」

エドモンドは剣を抜き、その切っ先でラドクリフの顎《あご》に触れる。

「さすがだ。こんなことをされても怯《ひる》む様子がない。泣き喚《わめ》いて命乞いをするでもなく、無駄な戦いをして逃げようともしない」

敵は全部で十人、しかも甲冑で武装した騎馬騎士だ。とても一人で敵う相手ではない。

決して無駄死にしないと、ラドクリフはアルマンと約束したのだ。捕まって辱めを受けることになっても構わなかった。ともかく生きられるなら、どこまでも生き延びたい。そのためには、勝てない戦いは挑まなかった。

「ラドクリフ・オーソンは、どうやら本物の騎士らしい」

「お褒めいただき恐縮です」

「アルマンが死んだら、後を追うか？」

その質問に答えたくはなかったが、ラドクリフは正直に答えてしまった。

「もちろんです。私は、王のために生きている騎士ですから」

「そうか。だがおまえが死んでも、アルマンは後を追ったりしないぞ」

「はい、それでも構いません。私は冥界の入り口で、ずっと待ち続けております」

死ぬのは怖くない。ただ自分が先に消えたら、アルマンがどれだけ悲しむか考えると辛かった。

ラドクリフは手を縛られ、剣も奪われてしまった。前後左右を屈強な騎士に囲まれて、隣国に向かっての旅が始まる。

エドモンドの真意が分からない。こんなことをすれば、アルマンの戦意は激しくなるばかりで、間違ってもエドモンドに有利となるような和平交渉には応じなくなる筈だ。

かなり詳しくアルマンの事情を知っている内偵者がいるようだが、その者を使って、アルマンを暗殺するつもりもないようだ。

暗い夜の街道を進みながら、ラドクリフはエドモンドの様子を盗み見る。

エドモンドは上機嫌で、アルマンに似た若者に笑いながら話し掛けていた。兜の口元を開けているが、そこから見える表情はそれほど恐ろしいものではない。馬も巧みに乗りこなしているし、体の動きに不自由しているようにも見えなかった。

そんなエドモンドが、堂々と戦わずにこんな姑息な手ばかりを使う。そこにラドクリフは、捻《ねじ》れた茎の先に咲く花を見た。

サドエリと同じだ。真っ直ぐに伸びなかった花なのだ。

多少花の形が悪くても、真っ直ぐに勢いよく伸びた花なら、誰もが同じように美しいと思うだろう。けれどねじ曲がった茎が地面に這い回り、その先に歪んだ花があったらどうか。

同じ花なのに、誰も顧みない。

だったら美しく咲いた花を、傷つけ、枯らして、自らは楽しむしかないだろう。

ただ領地が欲しいのではない。エドモンドは、アルマンを傷つけるためだけに戦を必要としているのだ。

美しく、心根の真っ直ぐなアルマンに、自分と同じような地を這う苦しみを与えたいのだろう。

そう思ったラドクリフは、暗い気持ちになる。

妬み、疑い、悪意、そんなものに対峙する方法は、教えられてきた騎士道の中にはない。もしかしたらこれらの感情にもっとも精通しているのは、あの魔女かもしれなかった。

殺すつもりではないことは、待遇の良さでも分かった。旅の間も食事や飲み物はきちんと与えられ、眠れるように気も使ってくれていた。

けれどラドクリフが虜囚であることに代わりはない。これから、どんな恐ろしい責め苦が用意されているのかも、分からないままだ。

エドモンドの城に入ったラドクリフは、そこに殺伐とした雰囲気を感じる。本来なら、美しい荘厳な城なのだろうが、魔物でも隠れているかのように、重たい空気が流れていた。

「やっと戻れたな」

満足そうにエドモンドは言うと、ラドクリフを地下の獄舎ではなく、塔の一つへと案内していった。

地下の獄舎に入れられるのも、塔に幽閉されるのも同じことだ。逃げたくても、逃げようはない。窓から飛び降りれば、下はごつごつした岩肌を持つ海岸で、苦もなく死ねることだけが、救いと言えば救いだろうか。

「私は冷徹な王として知られている。なのに厚遇されて意外だろう？」

城内に入ったエドモンドは兜を外したが、すぐに黄金の仮面をつけたので、ラドクリフにはその素顔は分からない。目に見える半身は、決して醜くはなかったので、醜王という名がやはりその外見からではなく、心根から呼ばれているものだと分かった。

「ここにいる間は、着衣も必要ない。アルマンを夢中にさせた、その美しい裸身を晒して、私の目も楽しませてくれ」

猫なで声でエドモンドは言う。するとアルマンに似た若者が近づいてきて、ラドクリフの着衣を脱がし始めた。

「ああ、綺麗な体だ。素晴らしい。顔だけではなく、すべてが美しい男なんて、そういるものではないだろう。アルマンが溺愛する筈だ」

顔だけで愛されているのではない。体だけで愛されているのでもなかった。そう思いたいが、今でも時折気持ちはぐらつく。

このまま無事に帰される筈がない。どんな惨《むご》い目に遭わされるのだろうか。耐えるにはアルマンへの愛と忠誠が必要だ。なのにぐらついている自分を、ラドクリフは恥じた。

「どうだ、ダリル。彼は美しいだろう?」

アルマンに似た若者の名はダリルというらしい。いつも伏し目がちにしているが、その瞳はアルマンと同じ、深い海のような青だった。

「はい……とても美しい人です」

囁くような声も、アルマンに似ている。ラドクリフは思わず、じっとダリルの横顔を見つめてしまった。確かによく似ている。これは本当に偶然だろうか。サドエリがアルマンと並んでいても兄弟だと思わないだろうが、ダリルとだったら間違いなく兄弟だと皆が言うだろう。

そんなに都合のいい偶然などというものが重なるものではないが、ラドクリフは、もしかしたらダリルが、取り替えられたアルマンの弟なのではないかと思ってしまった。

それはダリルの出自を聞き出せば分かることだ。ちゃんとした両親がいるなら、ラドクリフの単なる勘違いで終わる。けれどそんな話を二人きりですることなど、出来るのかどうかも分からない。

「ダリル、オーソン卿はじっとおまえばかりを見ているな。きっとアルマンを思い出して発情しているんだろう。可哀相に……慰めてやるといい」

エドモンドの言葉に、ダリルは緊張した様子になる。機嫌を損ねたら、恐ろしいことになると知っているからだ。けれどラドクリフに対して、非礼なことをすぐにする勇気は、ダリルにはないらしい。

「どうした？　触ってやればいいんだ。抱き締めて、キスしてやればいい。アルマンはきっと、毎晩そうやってこの体を慰めていたんだぞ。それがなくなって、オーソン卿は……体の奥から湧き上がる疼《うず》きで、苦しんでいるんだ」

まるで芝居の口上のように言いながら、エドモンドはダリルをよりラドクリフに近づけようとする。けれどダリルは明らかに嫌がっていた。

「おまえの肉棒で慰めてやればいい。どうだ……おまえだってしたいだろ？」

「陛下、お許しください。わ、私には出来ません」

「出来ない？　そんな筈はない。ちゃんと興奮する体だと、知っているぞ」

「陛下だからです。他の人相手に、興奮したりはしません」

二人の会話を聞いていたラドクリフは、血の気が引く思いだった。

最初からダリルは、アルマンの代わりにエドモンドの相手をさせられていたのだ。

アルマンの命を狙わない意味がこれで分かった。エドモンドの最終目的は、アルマンを捕らえて陵辱することなのだろう。

そんなことはあってはならない。絶対にさせてはいけないことだ。

何とかこのことをアルマンに伝えたくて、ラドクリフは必死になって脱出方法を考える。

エドモンドを討って、逃げ延びられる可能性はあるだろうか。武器もなく裸だが、エドモンドの剣を奪えばやれるかもしれない。

けれど部屋の外には、屈強な衛兵がいる。エドモンドが一声叫べば、ただちにラドクリフは彼らの剣に掛かって、エドモンドを殺す前にやられてしまう。

「ラドクリフ・オーソン。どうする？　ダリルは私以外の相手では、興奮しないようだ。だが、私は親切だからな。アルマンが恋しいだろう貴殿のために、私の大事な小姓を貸してやろうと言っている」

「……ご親切には感謝しますが、今はとてもそんな気持ちになれません」

「なれない？　嘘を吐くな。もう何日もアルマンと離れているんだ。体が欲しがってしょうがないだろう？　それとも、ダリルが興奮しないせいで、自尊心を傷つけられたのか？」

そこでエドモンドは短剣を抜くと、何の躊躇いも見せずにダリルの喉元に突きつけた。

「大切な隣国からの客人に対して、何て失礼なやつなんだ。美しさが何よりも自慢のオーソン卿に対して、発情しないおまえがいけない。王の命令に従わない小姓なんて、崇高な魂を持つ騎士にしてみれば、考えられないほどの愚か者だろう。おかげで私まで恥をかいたぞ」

ダリルの喉に、すーっと赤い糸のような線が引かれて、ラドクリフは唇を強く嚙みしめた。

やはりエドモンドはまともではない。平気で臣下の命を絶つと言われているが、このままではダリルも危ないだろう。

「オーソン卿、すまないが、この役立たずの小姓を、その気にさせてやってくれないか？　でないと、私は、ダリルを殺したくなってしまう」

笑いながらエドモンドは、恐ろしいことを口にした。

「そんな……ご寵愛の小姓なのでしょう」

「ああ、そうだ。何しろアルマンにそっくりだからな。ダリルを抱くと、まるでアルマンをいたぶっているようで、たまらないのだよ。ダリルがいなくなったら、その楽しみがなくなってしまうな。それでもいいか。本物のアルマンを、ここに呼べば……」

「お戯《たわむ》れを……」

こんな男に負けて、アルマンを虜囚にさせるわけにはいかなかった。今すぐにでも戦いたかったが、勝てない戦いに挑むのは無謀なことだ。

「可哀相な若者だよ。アルマンに似ているばかりに……つまらぬことで命を落とすことになるとはな」

本当にエドモンドはやるだろう。ダリルがどういう男なのか知らないが、戦闘でもないのに、罪のない者が殺されるのを黙って見過ごすことは出来ない。

ラドクリフは覚悟を決めて、その場に跪いた。

手は縛られたままだ。だからダリルの着衣を開いて、エドモンドが望むものを取り出すことも出来ない。ちらっと目で訴えると、エドモンドはおかしそうにしながらダリルの着衣を、自ら脱がしにかかった。

「ダリル、よく見ておけ。本物の騎士は、主君のためなら何でもする。おまえのものを、喜んでしゃぶってくれるそうだ」

「うっ、ううう……」

ダリルは辛そうに身を捩《よじ》って泣き出した。するとエドモンドは嗜虐《しぎゃく》の快感に目覚めたのか、ダリルの体を背後から抱え込むようにして愛撫し始めた。

「アルマンにするように、この可哀相なダリルにもしてやってくれ。あまり使いこなしていないから、思うようにならなくて不満だろうが」

萎えたままの性器を、ラドクリフは口にした。それしかダリルを救う方法はない。

「うっ、うっ、うう」

こんな状況では、とても勃たせることなど無理だろう。ダリルのものは、いつまで待っても一向に大きくならない。

焦れたのかエドモンドは、ダリルのその部分に指を入れて弄り始めた。

「こうしないと勃たないのか？　困ったやつだ」

「あっ、ああ」

裏からの刺激で、やっとダリルのものも硬度を持ち始める。

「どうだ、使えるようになったか？　だったらオーソン卿、すまないがこの小姓に、牡《おす》の愉しみを教えてやってくれないか？」

「えっ……」

「可愛がられるばかりでな。本来の使い道を知らないのだよ。可哀相だろう」

エドモンドの嫌らしい声に、ダリルは反応しているのだろうか。気が付くと、硬度はますます増し、興奮しているのがはっきりと分かる。

抱かれる喜びは、ラドクリフも知っていた。だが、ラドクリフは誰かを抱きたいとは思わない。恐らくダリルも、そんな体になっている筈だ。

だとしたらこの牡の愉しみというやつは、苦しみにしかならないのではないか。

けれどダリルは、それがエドモンドの望みだったら、叶えようと必死になる。

「オーソン卿、蹲って、尻を高く上げるんだ」

嫌々でもラドクリフが従うと、エドモンドは自ら手を添えてダリルのものを挿入させてくる。

「アルマンを思い出すか？　アルマンのものと比べてどうだ？　んっ、ダリル、どうした。後ろに入っていないと、萎えたままなのか」

そこでエドモンドは、今度はダリルを後ろから貫き始めた。

「んんっ、いいぞ、ダリル。ああ、これが本物のアルマンだったら、どんなに楽しいかな」

そんなことはさせたくない。エドモンドが妄想を抱くだけでも、ラドクリフにとっては吐き気を催すほど嫌なことだった。

けれど不思議なのは、エドモンドが直接ラドクリフを犯そうとしないことだ。こうして交合していても、ラドクリフを直接犯しているのはダリルで、エドモンドではない。

あくまでもエドモンドの目的は、アルマンだということなのだろう。アルマンに愛されているラドクリフというだけでは、陵辱する気にもならないらしい。

「綺麗な体だ、オーソン卿。そんな体なら、生きるのは楽しいだろうな。その体をアルマンにだけ捧げるのはもったいない」

背後から聞こえる嫌らしい声に、ラドクリフは唇を噛む。同じような行為なのに、嫌悪感ばかりで快感は全くない。それがせめてもの救いだ。

「ううっ、くっ、うっうう」

ダリルの辛そうな声ばかりが聞こえる。エドモンドは息を荒げているだけだ。冷静な目で、すべてを観察しているようで不気味だった。

「ああ、もう……もう、お願いです、陛下」

ダリルがそう言った途端に、ラドクリフは体の中にあったものが、威力を失ったのをはっきりと感じた。けれどエドモンドはまだ許さない。執拗にダリルを攻め続けている。

「そんなによかったのか、オーソン卿の体は？　そうか、おまえ以上に淫乱で、男を悦ばせることに長けているんだな」

笑いながらエドモンドは言うと、それからしばらく、下になった二人の思惑など無視して快楽を貪っていた。

やっとエドモンドが体を離したと思ったら、いきなり宰相のデモンズが部屋に入ってきた。じっと中の様子を窺いながら、外ですべてが終わるのを待っていたのだろう。

「陛下、お探しの男が見つかりました」

「そうか、もう来ているのか？」

「はい、謁見の間に、待たせております」

「では、行こう」

乱れた着衣を直したエドモンドが部屋から出て行くと、ダリルはよろよろとした足取りで、ラドクリフの体を脱がされたままになっていたマントで包んでくれた。

「オーソン卿、申し訳ありません。許してください」

まだ涙は消えず、声も掠《かす》れている。

「いいのですよ。殴られたと思えば、たいしたことではないから。あそこで刃向かっても、お互いに命を落とすだけです」

「……うっ……」

ダリルが声を殺して泣いているのを見ながら、ラドクリフはどうしても気になっていたことを、ついに訊ねてしまった。

「ダリル、あなたの両親はこの国の人ですか？」

「はい、そうです。父は、宝飾品の細工師です。この城で、陛下の王冠や剣の装飾を直すために呼ばれてきました」

「では、父上もこの城にいるのですね」

「父がいるから、下手なことは出来ません。陛下の機嫌を損ねたら父まで殺されてしまいます」

やはりラドクリフの思い過ごしだろうか。顔立ちや声が似ているからといって、それだけで取り替えられたアルマンの弟とはいえない。

「よい父上なのですね」

ラドクリフが優しく言うと、ダリルの顔にやっと笑みが戻った。

「実の親ではありません。生まれた子供を流行病で亡くしてしまい、どうしても子供が欲しくて、私を娼婦から買ったそうです」

「えっ……」

「ですが、実の子以上に可愛がってくれたんです。父に教えられ、私も宝飾品の細工師になりました。二人でよい仕事をしてきたので、王宮に呼ばれるまでになったと喜んでいたのですが」

笑みはすぐに消え、ダリルの顔はまた悲しみで彩られた。

父親も、まさか息子がエドモンドに召されるとは思っていなかっただろう。今頃はダリルの身を案じているのに違いない。

「父も母も高齢なので……私のことを心配して、病にでもなっていないかと心配です」

「もし自由になれたら、真っ先にあなたが元気なことを、ご両親に伝えますよ。父上の名は？」

「ドーソンです。鍛冶屋《かじや》町に行けば、ドーソンと言えばすぐに分かります」

ドーソンに会えば、あるいはダリルの出自が分かるかもしれないと思ったが、それまで自分の命があるのかどうか、ラドクリフにも分からない。

「陛下は、気に入らない者の首をすぐに刎ねることで有名ですから、両親はもう私が死んだものと思って諦めているでしょうね」

寂しげに言うダリルの頬を、両手を繋がれたままの手でラドクリフはそっと触れた。

「きっと帰れますよ。だから諦めないで」

「……あなたは、諦めないのですか？」

「死ぬのは、今ではありません。どんな恥辱にも耐えて、私は、私の王、アルマンの下に帰ります」

「アルマン陛下は、きっと素晴らしい人なのでしょうね。あなたのような崇高な騎士が忠誠を誓い、あのエドモンド陛下の心を狂わすぐらいですから」

ダリルの言葉の端に、微かだが嫉妬が滲んだのをラドクリフは聞き逃さなかった。

もしかしてダリルは彼なりに、あの非道な醜王を慕っているのだろうか。

「エドモンド陛下は、あなたに惨いことをしますか？」

その質問に、ダリルは小さく首を振る。

「私だけに惨いわけじゃありません。むしろ、私は寵愛されているほうです。エドモンド陛下は知らないのです」

「知らない？」

「愛することも、愛されることも知らない。知ろうともなさらない」

言い過ぎたと思ったのだろう。ダリルはラドクリフから急いで身を離すと、脱ぎ散らかした自分の衣を拾って身につけ始めた。

「私には、オーソン卿をお助けすることは出来ません。どうか、生き延びられますように」

そう言うとダリルは、逃げるようにして部屋から出て行ってしまった。

夜のうちに帰ると言っていたラドクリフが、三日過ぎても帰らない。本当に父親の体調が悪くて帰れないなら、伝令でも寄越せばいいのにとアルマンは不満をつのらせていた。

自ら迎えに行きたいところだが、さすがにそれは王がすべきことではない。仕方なくアルマンは、ラドクリフの邸に伝令を送った。

父が病ならしばらく戻らなくてもいいと、いかにも理解のあるような文を書いた手紙を持たせた。手紙を読めば、ラドクリフのことだ。アルマンの真意に気付いて、慌てて戻ってくるだろうと思っていた。

ところがその夕、伝令と共に戻ってきたのは、ラドクリフの従者であるトマスだった。トマスはアルマンとだけの謁見を願い入れてくる。これは何かあるなと不安になったアルマンは、ただちにトマスを自室に招き入れた。

「陛下、申し訳ありません」

トマスは蛙《かえる》のように床に這い蹲《つくば》り、激しく体を震わせている。

やはり何かあったのだ。

「大変なことがあったときこそ、物事を順序だてて分かりやすく話すものだ。どうやら、その必要がありそうだな」

「三日前の夜、城に戻ろうとしておりましたら、陛下とお会いしました」

「いつの話だって？　三日前といえば、ラドクリフが出掛けた日じゃないか。いつ私に会ったというんだ。会った覚えなどないぞ」

「はい、あれは偽物だったのですね。すっかり騙されてしまいました。夕暮れの森で、霧が立ちこめていたせいです。黒い髪や、顔立ちがとても似ていたし、魔女に呪いを掛けられたと言うので、様子がおかしいのもそのせいだと思ってしまったのです」

夜明けと夕暮れには、森に霧が立ちこめる。すぐ目の前のものが見えなくなることさえあった。そんな中、ラドクリフとトマスは、偽物のアルマンに会ったというのか。

「ラドクリフはその男と行ったのか？」

「呪いを解くために、魔女の処に行くと言っておりました。呪いを掛けられた醜い姿を、私に見られたくないと言った偽物の言葉を、信じてしまった私が愚かでした」

「そんなにその男は、私に似ていたのか？」

「はい。布で口元だけは覆っていましたが、目や鼻筋、髪までそっくりで」

これは昨日今日思いついたことではない。わざわざアルマンの偽物まで用意していたからには、何があってもラドクリフを誘拐するつもりだったのだろう。

そんなことをする人間は誰だ。

一人の名しか思いつかなかった。

「すぐに救いに向かう。騎士達を集めてくれ」

「陛下、その役目はこの私にお命じください。このままでは……」

「もちろんおまえも同行させるが、一人で行くなどとふざけたことは口にするな。私を誘《おび》き出すための罠《わな》だと分かっているが、ここで逃げ隠れするのは嫌だ。これは私に対する直接の宣戦布告だから、受けて立つ」

怒りはゆっくりと深奥から立ち上ってきて、体を熱くする。同時にそれと同じくらいの不安と悲しみがアルマンを襲った。

絶対に自分より先に死ぬなとアルマンは命じたが、ラドクリフは生きているだろうか。

もし殺されてしまったのなら、せめて苦しまずに死んで欲しかった。生きていたとしても、激しいいたぶりを受けている筈だ。むしろそのほうが、死ぬより苦しいかもしれない。

アルマンのために、一度は魔女に呪われた。そして次には、エドモンドの虜囚になってしまったラドクリフが、どれだけ苦しんだか想像するだけで胸が潰れそうだ。

「私が愛したために、苦しまねばならないとは……」

「いいえ、悪いのはすべて醜王エドモンドです。あの男は、陛下に嫉妬しているのでしょう。オーソン卿に愛されるだけでなく、領民からも慕われる陛下に、嫉妬しているんです」

「そうだな。問題は醜王エドモンドだ。領地を狙うというより、私を苦しめることだけを望んでいるように思えてきた。トマス、いっそ私も魔女に頼ろうか」

アルマンが力なく笑うと、トマスは顔を歪めた。

「陛下がそんなことをなさる必要はありません。魔女に呪いを依頼した者は、必ず報復を受けると言います。現にホズルも、あのような最期でした」

アルマンは魔女の存在など知らずに育ったが、下層の民出身のトマスは、そういった言い伝えなどにも詳しいようだ。

「報復など怖くない。それでラドクリフを助けられるものなら、私は何でもする」

「いいえ、魔女の力になど頼っては駄目です。陛下、勇気と誠意で、どうか我が主、ラドクリフ・オーソンをお助けください」

「そうだな。おまえの言うとおりだ。何かに頼ることをせず、この手でラドクリフを取り戻そう」

生きていてくれるだろうか。

攫《さら》われてから三日の空白がある。さらにこれから敵地に進軍するのに数日が必要だ。冷酷なエドモンドが、その数日間ラドクリフに何もせずにいるとは思えない。

「生きていてくれればそれでいい」

陵辱されようが、傷だらけにされようが、ともかく生きていてくれと、アルマンは強く願っていた。

魔女は二百年に一人生まれるという。そして二百年生きるそうだ。それはただの伝説なのか、本当のことは誰も知らない。

けれどそのジプシーの一団の中に、本物の魔女がいることだけは事実だった。

エドモンドは案内の男に導かれるまま進み、ついに数台の馬車が連なって駐めてある場所に辿り着いた。

怪しい風体の男達が、エドモンドと兵達を遠巻きにしている。そして早口の異国の言葉で、何か言っていた。そこでエドモンドは、案内の男に命じた。

「魔女に会いたいと伝えてくれ」

案内の男は、異国の言葉で男達に話し掛ける。すると男達の間で、嬌笑《きょうしょう》が沸き上がった。中には手を叩いて囃《はや》し立てる者もいる。

いつものエドモンドだったら、ただちにやつの首を刎ねろと言っただろう。さすがにここで、そんな騒ぎは起こしたくない。だから黙って大人しく待っていた。

一つの馬車の幌《ほろ》が開き、女が出てきた。

真っ黒な縮れ髪《す》は、梳かれたこともないのだろう。小鳥が巣を作りそうなほどの勢いで、広がっている。胸の開いたドレスから覗く肌は、異様なほど白い。目は不思議な金色で、獣のようだった。

「おまえが魔女か？」

「名前はリリス。魔女なんて名前じゃないよ。魔女ってのはあたしの仕事さ。人にものを頼むつもりなら、ちゃんと名前で呼びな」

エドモンドを恐れる様子もなく、挑むように言ってくる。エドモンドは馬を下り、丁寧に頭を下げて挨拶した。

「これは失礼した、ではレディ・リリスとお呼びしよう」

「バカにしてるのかい？　醜王エドモンド」

名乗ったわけでもないのに、リリスはすぐにエドモンドの名を呼ぶ。この女は人の考えていることが読めるのかと、エドモンドは疑った。

「父親殺しのエドモンド。そうだよ、あたしにはあんたの考えていることなんて、すべてお見通しさ。いいことを教えてやる。あんたの父親は、いつかあんたがこんな化け物に育つことを恐れて、焼き殺そうとしたんだよ」

「そうか。だが残念なことに、父の期待どおりに育ってしまったな」

「そうだよ。父親は悩んだ。殺したいのが半分、生かしたいのが半分。あんたの体の傷は、そのまま父親の悩んだ痕さ。悩んだ末に、父親はすべてを運命に委《ゆだ》ねたんだ」

「では、私は運命の勝利者だ」

にこやかにエドモンドは答える。ここで生意気な女相手に、腹を立ててはいけない。願い事が叶えられるまで、エドモンドは従順な依頼者でいなければいけないのだ。

「ここにはここの決まりがあるのさ。あたしが嫌いでも、あたしに従いな。だけど言っておく。願い事は一つだけだ。世界の王になりたいなんてのも駄目だよ。あたしは色恋専門の呪術しかやらないからね」

「そうなのか？　すべての願いを叶えてくれるなら、レディ・リリスを后に迎えてもいいと思っていたのだが」

リリスはそこで、顎を反らして豪快に笑った。

「欲深な男だよ。だけど残念だね。あんたの后になるくらいなら、豚と結婚したほうがましさ」

ついにエドモンドの騎士の一人が、剣に手を掛けた。それを見てエドモンドは、止めるようにと手で即座に制する。

「で、呪術を依頼するのに、何が必要だ？」

「金だよ、あんたならたっぷり持ってるだろ。それと、あたしを抱いて満足させることさ」

エドモンドは頷くと、たっぷり金の入った袋をリリスに突きつけた。

「受け取れ」

すぐには受け取らず、リリスはじっとエドモンドを見て言った。

「ただし呪われた相手が、あんた以上にあたしを愉しませてくれたら、呪いは効かない」

何だかいかさまのようにも思える。けれどラドクリフの体に、呪いの花が咲いたことは事実なのだから、魔力はあるのだ。

「その心配はないな」

そこでちらっとエドモンドは、深々とマントを被った男に視線を向ける。手を縛られたその男の顔は見えなかったが、リリスは驚いていた。

「おや、まぁ、可哀相に。綺麗に生まれたってだけで、何て不幸を呼び込む男なんだ。また狙われたのかい、ラドクリフ」

ラドクリフはマントのフードを払いのけ、リリスに向かって力なく微笑んだ。

「どうやらそのようです」

「可哀相なラドクリフ。呪いを解くためにだって、あんたはあたしを抱けないものね。あんたの心は、美男王アルマンでいっぱいだ」

リリスの言葉に、ラドクリフの頬に一筋涙が流れた。それを見てエドモンドは、何ともいえない喜びが湧き上がってくるのを感じた。なのにすぐリリスは、エドモンドの高揚感に水を差す。

「駄目だよ、エドモンド。そんなことしたって、美男王アルマンはあんたを愛したりしない」

「愛されたいわけじゃない」

「そうかな。同じになりたいだけ？　いや、それ以上になりたいんだろ？　そして愛されたい。崇《あが》められたい。慕われたい。求められたいんだ」

やはり魔女だけあって、リリスの言葉は的確にエドモンドの心境を言い当てている。

アルマンとは天秤《てんびん》の両端に乗っているような関係だが、ここで一気にアルマンが下がっていくことをエドモンドは願っている。

愛される以上に、今のエドモンドにはアルマンの不幸が必要なのだ。

「もう私の望みが何か、分かっているのか？」

「ああ、分かっているさ。そこにいるラドクリフと、体を入れ替えたいんだろ」

それを聞いて、一番驚いたのはラドクリフだ。美しい瞳を大きく見開いて、エドモンドを見ている。

「まさか……私に化けて、アルマン様を討ちにいくつもりか？」

すぐにリリスは大きく首を振り、ラドクリフを安心させた。

「それは無理だよ。人間を入れ替えることまでは出来ない」

「だが、この傷を、オーソン卿に乗り移らせることは出来るだろう？」

わくわくしながらエドモンドは提案する。それを聞いて、リリスはすぐに否定はしなかった。

やはり出来るのだ。ここに案内してくれた男は、魔女について詳しかった。以前、魔女に頼んで、恋敵の女の体に、自分の傷を乗り移らせた女のことを教えてくれたのだ。

エドモンドはついにこの呪われた体から解放される。自分に相応しい、完璧な肉体を取り戻すことが出来るのだ。

「だけどラドクリフ。あんたは、呪いを受けるのは二度目だ。今度の呪いは、あたしが死ぬまで解けないよ」

ラドクリフが何か言おうとするのを、エドモンドは即座に阻んだ。

「安心していい。ラドクリフがリリスの命を狙ったりしないように、しっかり守ってやるから」

「別に守ってくれなくてもいいさ。あんたがあたしを満足させてくれれば、それで取引成立だ」

リリスは媚《こ》びを含んだ目で、じっとエドモンドを見つめてくる。好みの女ではないが、エドモンドは覚悟を決めていたから、やれる自信はあった。

「それじゃ、あたしの馬車にご招待するよ、エドモンド……陛下」

リリスはドレスを摘《つま》み、レディのように挨拶してみせた。そしてエドモンドの腕を取ると、変わった幌を被せられた馬車へと導く。

「すまないね、ラドクリフ。あたしを抱けないあんたでは、呪い返しの秘策もないよ」

馬車に入る前に、リリスは心底気の毒そうに言ったが、それこそがエドモンドの狙いだった。

アルマンしか愛せないのなら、そのために過酷な運命を与えられたところで本望だろう。愛など信じないエドモンドは、二人の愛が破局するのを見るのが楽しみなのだ。

殺してしまったら、それで終わりだ。生きているからこそ、ずっと苦しみが続く。アルマンには最高の苦しみを与えたい。

ラドクリフから美と寵愛を奪ったら、次には戦に勝って、傷だらけのアルマンを手に入れたかった。

　エドモンドが馬車の中に消えると、ダリルがラドクリフの側に駆け寄ってきた。

「オーソン卿、戒めを解きます。今のうちに逃げてください」

　どうしてダリルは、いきなりそんなことを言い出したのだろう。訝《いぶか》しげにラドクリフが見つめると、ダリルは悲しげに言った。

「陛下のなさっていることは、あまりにも非道です。罪のないあなたを、これ以上苦しませたくありません」

「そんなことをしたら、あなたの父上の命まで危ない。私なら大丈夫です」

「あなたは陛下の半身をご覧になっていないから、そんなことが言えるんです。あれは……とても恐ろしい。あんな魔物のようなものに、あなたをしたくない」

　仮面から見える顔半分は、それほど恐ろしいものではなかった。だからラドクリフは、そんなに酷いものだと思えなかったのだ。

　ダリルはエドモンドのすべてを知っていて、こうして助けようとしてくれているのだろう。

　エドモンドのように醜い体になったら、伽の相手としては、二度と役には立てない。だが忠実な騎士として、側にいられればそれだけでいい。

　どうせこの肉体は、いつか老いて醜くなっていくのだ。そのときに味わう苦しみを、今のうちに味わうだけのことだと、ラドクリフは覚悟していた。

「ありがとう、ダリル。その気持ちだけで十分です」

異国の男達が、焚《た》き火を囲んで歌い始めた。その歌の内容は分からなくても、どこかもの悲しい旋律は心に響く。

ラドクリフはダリルと並んで倒木に腰掛けながら、暮れ始めた空を見上げる。そしてついに思っていたことを打ち明けた。

「ダリル、もしあなたがエドモンドの元から逃れられたら、いつか私の国を訪れてください。ぜひ、アルマン陛下に会っていただきたいのです」

「どれだけ似ているのか、確かめたいのですか？」

ラドクリフを逃がそうとしたのに断られて、ダリルは脱力しているようだ。力ない言葉には、投げやりな感じが籠もっている。

顔を近づけ、ラドクリフはダリルにだけ聞こえるようにして囁いた。

「アルマン陛下の弟は、赤子のときに入れ替えられたのです。当時の乳母が、死ぬ前に告白したそうです」

「……」

ダリルは押し黙る。いきなりこんな話をされたところで、自分と関係があるとはすぐには思えないだろう。

「サドエリ殿下はそれを知ってしまい、アルマン陛下を憎み出しましたが、そこをエドモンドに利用されたのですね。だけど攫われた本当の王子は、どこにいるのでしょう？」

じっとダリルの顔を見ながら、ラドクリフは思い入れを込めて囁いた。

本当によく似ているが、アルマンに会い、兄弟かどうか確かめ合うのも、ダリルにとってはおかしなことだろう。

「混乱させてすみません。ただ、もう一人の王子が生きていたらと、いつも気に懸けていたから、ついそんなことを考えてしまいました」

「もし本当にそうだったとしても、アルマン陛下にはお会い出来ません。私は……悪魔に魅入られた王の慰みものにすぎませんから」

ダリルは立ち上がり、ラドクリフから離れていく。ただでさえ辛い毎日を過ごしているのに、さらに酷なことを告げてしまったかと、ラドクリフの心も暗くなった。

異国の男達の歌声は、ますます哀惜を帯びてくる。そうしているうちに酒樽が出され、男達は静かに酒盛りを始めた。すると歌は陽気なものになり、一気に手拍子や足拍子が混じって騒がしくなる。

エドモンドの兵達は、羨《うらや》ましそうにその様子を見ていた。王の気まぐれに付き合わされて、彼らも迷惑しているようだ。出来ればすぐにでも、自分達のねぐらに帰りたいだろう。

これから自分に与えられる過酷な運命を知りながら、ラドクリフは落ち着いていた。アルマンと出会ってからの数カ月、辛いことがあっても、今は喜びの日々しか思い出せない。

短い間でも、本当に愛された。それで満足しなければいけない。

まるで祭りのように騒がしくなってきた頃、やっとエドモンドが馬車から出てきた。その後ろからリリスが、乱れたドレス姿でのろのろと出てくる。

アルマンに不幸を味わわせるためなら、平気で魔女すら抱く。そんなエドモンドに対して、想いを深めてしまったダリルが気の毒だった。

ダリルにとって、実の親から焼き殺されそうになったエドモンドは、同情すべき人間なのだ。自分も生みの親に売られた身だから、そう思うようになったのだろう。

同情は愛情に変わったが、エドモンドがそれに応えることはない。何度抱かれても、ダリルは愛されないままなのだ。

「オーソン卿、では、ここで裸になってくれ」

エドモンドはそう言うと、兵に手伝わせてラドクリフを裸にしてしまう。もはや裸にされるくらいでは、ラドクリフは恥辱と感じなくなっている。

それよりも手の戒めを解かれたほうが嬉しい。縄が食い込んだ後をさすっていたラドクリフは、リリスが近づいてくるのに気が付いて、緊張から身を堅くした。

「ラドクリフ、ごめんよ。醜王は悪魔に愛されているから、あたしでも敵わないんだよ」

リリスは手に、小さな剣を持っていた。それを奪って戦う場面を想像したが、ラドクリフはすぐに諦めた。

ここにいるジプシー達に罪はない。ラドクリフが反抗すれば、すぐに戦いになって彼らも巻き込まれてしまう。ジプシーの中には老人も子供達もいる。残虐なエドモンドが、怒り狂って彼らを虐殺したらと思うと、何もしないことが一番に思えた。

「いいことを教えてやるよ、ラドクリフ。あんたが死んだら、醜王は元の姿に戻る。だから、あんたの命の保証はされたよ。呪いを解くには、あたしと醜王が死ぬのを待つしかないけどね」

では醜くなっても、生き延びることは許されたのだ。それだけがせめてもの救いと思いたい。

「エドモンド陛下、こっちへ」

リリスはエドモンドを呼び寄せると、引き攣れのある左手を取っていきなり傷つけた。

エドモンドは怒るかと思ったら、されるままになっている。どうやら呪術の手順は聞かされているらしい。

流れ出た血を、リリスはラドクリフの左手に掛ける。そして不思議な言葉を唱えながら、今度は火打ち石を激しく打ち付けた。

炎が上がった。

血が燃え始めたのだ。

「うっ、うわーっ！」

ついにラドクリフも悲鳴を上げた。

体の左半分が燃えている。赤黒い炎は、手で払っても消えるようなものではない。けれど半身を焼くだけで、右半分は痛さも熱さも何も感じなかった。

半身の痛みと熱さはかなりのものだった。現実に焼かれても、こんな苦しさなのだろうか。

炎は好きなだけラドクリフの体の上で暴れて、ふっと跡形もなく消えた。そしてラドクリフの体には、醜い火傷の痕が残っていた。

「うっ、ううう」

痛みに呻くラドクリフの前に、黄金の仮面が投げつけられた。顔を上げると、見たこともない美しい男が笑っていた。

「それが必要だろ、ラドクリフ・オーソン。進呈しよう」

「醜王……エドモンド」

「いずれ誰も、その名で呼ばなくなるだろう」

ダリルに鏡を持たせて、エドモンドは何度も何度も自身の姿を見ている。そして狂ったように笑い出していた。

「そうか、これが本当の私の姿か。これこそが私なんだ」

たとえ見かけは美しくなっても、中身は何も変わっていない。醜王という呼び名に相応しい、残酷な男のままだとラドクリフは思う。

「この世界で一番美しい騎士、ラドクリフ・オーソンを抱きたい者はいるか？　さあ、どうだ」

ラドクリフの腕を引くと、エドモンドは兵やジプシー達に向かって言った。

「好きなだけ犯すがいい。だが、命だけは取るな」

乱暴にラドクリフは突き飛ばされたが、誰も近づいてこようとはしない。まだ肉が焦げたような臭いをさせているその体に、触れる勇気のある者はいなかった。

祭りのようだったのに、辺りはすっかり静まりかえっていた。ただ焚き火の爆《は》ぜる音だけが、ぱちぱちと響いている。

「もうこれで……私は、自由なのでしょう？」

掠れた声で、ラドクリフは訊ねる。

「ああ、そうだな。その姿で、愛するアルマンの元に戻るといい」

「……」

今にも倒れそうだったが、ラドクリフは耐えた。そして慇懃に礼をすると、震える手で脱がされた衣を拾い始めた。

するとすぐにダリルが駆け寄ってきて、着せるのを手伝い始める。

「お気の毒です、オーソン卿」

ダリルはぼろぼろと涙を零していた。それを見て、ラドクリフは引き攣った顔に笑みを浮かべる。

「私なら……大丈夫。これで、自由だ……」

着替えを終え、マントを纏うと、ダリルはラドクリフの手に剣を渡した。

ここでこの剣で命を絶ったら、エドモンドはまた元の姿に戻る。だが、エドモンドのことだ。今度は別の誰か、例えばダリルにでもまた呪いを掛けるだろう。

「醜王エドモンド、いつか……悪魔に、すべて食い尽くされるといい」

そう呟くとラドクリフは、剣を杖代わりにしてよろよろと歩き出す。

誰も追ってくる者はいなかった。上機嫌のエドモンドは、そのまま兵達と共に城に帰ろうとしている。打ち捨てられた黄金のマスクを、リリスが拾っていた。

どうにかラドクリフは、愛馬の元に辿り着く。すると愛馬は、ラドクリフの姿が変わってしまったというのに、変わらぬ親しみを込めて鼻先を寄せてきた。

「ああ……おまえには、私は私のままなんだな。嬉しいよ」

愛馬の鼻先を撫でてやると、ラドクリフは最後の力を振り絞って、どうにかその背に這い上がった。

「帰ろう……。アルマンを……守るために」

愛馬は命じられたわけでもないのに、アルマンの城を目指して歩き始める。馬上でラドクリフは、ゆっくりと気を失っていった。

敵陣に乗り込むには、味方の数が少なすぎた。このまま強行したら、目的を達する前に命を失うかもしれない。アルマンは自分を強運なほうだと思ってきたが、その運もついに尽きたのだろうか。

夜を徹して、ほとんど休むことなく馬を隣国に向けて進める。すべてはラドクリフを奪還するためだ。同行しているのは、信頼のおける騎士数人と、ラドクリフの従者であるトマスだけだった。

大隊を引き連れて進軍するには、やはり準備がいる。開戦を早めればいいのだろうが、アルマンはその間も待てなかった。

不思議とラドクリフが死んだ気がしない。まだ生きていると思うから必死なのだ。けれど作戦も何もない。ラドクリフが城の地下牢にでも入れられていたら、どうやって助け出せばいいのだろう。

トマスには止められたが、アルマンは魔女を頼ろうかとも考えている。何も呪いを掛けてくれと頼むわけではない。衛兵をほんの数刻、眠らせておく薬などないものだろうか。そんなものを買うことぐらいなら許されるだろう。

「待て、何か聞こえる」

一行は馬を止め、街道のはるか先に耳を澄ませる。すると風に乗って、人が騒いでいるような音が聞こえてきた。

「ジプシー達ですよ。夜になったんで、酒盛りを始めたんでしょう」

アルマンよりジプシー達に詳しいトマスが答えた。

「どう思う？　ラドクリフの居場所が、彼らなら分かるだろうか？」

流浪の民の中には、魔女だけでなく不思議な占いをする者がいる。薬草を売ったり、医者のように治療をする者もいた。一カ所に定住しないから、その分近隣諸国の事情などにも詳しくて、街道の地図を売ったりもしている。

「占いはよく当たるみたいですし、近隣で何かあったら情報はすぐに手に入れてきます。怒らせると面倒な相手ですが、敬意を払えばよくしてくれますから。だけど、今はまずいかな。酒盛りをしているときには、近づかないほうがいいですね」

「そうか……」

気は逸《はや》るが、同行してきた騎士達も疲れているだろう。ここは休むべきかもしれない。

「何も考えずに飛び出してきた。無謀だったな。ここでしばらく休もう」

「我々なら大丈夫ですよ、陛下。もう少し先まで進みましょう」

年長の騎士が、アルマンを気遣って言ってくれた。けれどアルマンは、自ら馬を下りてしまった。

「皆にはすまないと思っている。ラドクリフを助けるために、新たな犠牲を払うわけにはいかないしな。まずは休んで、作戦を練ろう」

「いいのですか？」

「ああ、だが、情けないことに、ラドクリフと出会ってから、こんなに離れていたことはないので、どうにかなりそうなんだ」

アルマンは泣き笑いのような顔をして、自ら焚き火のための木を拾い始めた。

「愚かな王ですまない。私に忠誠を誓ってくれた騎士は大勢いるのに、ラドクリフだけを特別視しているようで心苦しいが」

「いいえ、王であるまえに、陛下も人間ですから」

もう一人の騎士が、枯れ枝を拾いながら慰めるように言う。

「皆、愛しい者がおります。その愛しい者を守るために、戦っているのです。陛下にとってオーソン卿が大切なお気持ちは、よく分かります」

思いやり溢れる言葉に、アルマンは不覚にも涙ぐみそうになった。この愚かな若い王を、皆が愛してくれている。それだけでも感謝すべきことだ。

休息の間も、皆の口は重かった。アルマンの前で、気楽な冗談を口にすることも出来ない。かといってここでエドモンドのことをあしざまに罵っても、それで気が晴れるということはないと思われたのだろう。

気が付くと、遠くの騒ぎは静かになっていた。もう酒盛りは終わったのだろうか。こんな夜でも、ジプシー達は交渉に応じてくれるのかと考えていたら、突然、アルマンの愛馬が嘶《いなな》き始めた。

狼でもいるのかと、アルマンは剣を手にして立ち上がる。そして安心させるように、愛馬の側に寄った。

「狼が来たのか？　守ってやるから、安心して休むといい」

けれど愛馬は落ち着きをなくしている。ぶるっと鼻を鳴らして、今にも先に歩いていきたそうだった。その様子を見ているうちに、何か予感がした。そこでアルマンは愛馬に跨り、行きたい方向に自由に行かせてやることにした。

やはり愛馬は分かっていたのだ。しばらく進むと、馬が一頭、こちらに近づいてくるのが見えた。その背には、黒い影のようなものが貼り付いている。

「あれは、もしかして……」

鬣《たてがみ》と尾の部分に、白い毛が生えているのは、ラドクリフの愛馬だ。月明かりに照らされただけの薄暗い街道でも、ほんのりと白い鬣が見える。

「そうか、ありがとう。おまえは気付いてくれたんだな」

アルマンは愛馬の背中を優しく撫でると、ラドクリフの愛馬に近づいていく。

ついにこの試練にも終わりが来たようだ。見覚えのあるマントが見えてきて、アルマンの心は救われた。

「ラドクリフ、ラドクリフなのか？」

馬にしがみつくようにして乗っているが、返事もしない。もしかして死んでいるのかと、アルマンは慌てて馬を下りて駆け寄った。

「ラドクリフ、しっかりしろ。ラド……」

馬上から下ろそうとしたら、マントのフードが外れた。そこに現れたものを見て、アルマンは悲鳴を呑み込んだ。

「何て酷いことを……」

生きているのは確かで、微かに息をしている。けれど酷い火傷を負っていて、このままではいつ死

んでもおかしくないように思えた。

「すぐに城に連れて帰る。新しい侍医は優秀だ。きっと……治してくれるから、諦めるな」

聞こえているかも分からないが、アルマンは優しく話し掛けると、ラドクリフを馬から下ろさず、その後ろに自ら飛び乗った。

「帰ろう、ラドクリフ。私達の褥が待ってる」

愛しげにその体を抱きながら、アルマンは夜の闇に隠れて泣いた。

失って初めてそのものの本当の価値が分かるというが、ラドクリフがどれだけ自分にとって価値あるものか、アルマンはこれで身に染みて分かった。

「生きていればいい。それだけで十分だ」

皆の元に戻るまでに、すべて涙を流してしまおうと思った。けれど涙は止まることを知らず、ラドクリフの金色の髪に、雨のように滴っていた。

褥に横たえられたラドクリフの姿を見て、アルマンはこの傷はそのままエドモンドの汚れた心だと思った。

愛する者同士を引き裂き、至高の魂を奈落に突き落とそうとしている。その悪意の深さに、アルマンは身震いする。

「どうだ？　少しでも、よくなるものだろうか？」

新しい侍医はまだ若く、熱心な治療者ではあったが、さすがに呪いを解くことは出来ない。

「清水に浸して、熱を取るしか手だてが思いつきません。普通なら、膿《う》み出すところでしょうが、その様子もありませんし」

「そうか……水で洗えばいいんだな」

「お力になれず……申し訳ありません」

「いや、十分よくしてくれた」

侍医を下がらせると、アルマンは居室でラドクリフと二人きりになった。その痛ましい姿を見ているうちに、自然と涙は乾いていく。いくら泣いたところで、ラドクリフが救われるものではないのだ。

救うためアルマンに出来ることがあるなら、それはこれまでどおりにラドクリフを愛し抜くことだろう。

「では、泉水に浸してやろう」

アルマンは自ら衣を脱ぎ始める。侍従に手伝わせる気にはならない。出来ることなら、ラドクリフのこんな姿を人目に晒したくなかったのだ。

「これは試練か？　いや、そうじゃない。私はラドクリフを変わらず愛している。だったら、これは苦しみではなく喜びだ。生きて戻ってきた。この手は、変わらずに私を抱き締められるし、この唇は重ねるのに何の不自由もない」

自らに納得させるようにアルマンは呟くと、ラドクリフの体を抱えて泉水に向かった。

冷たい泉水に足を入れた途端、アルマンはこれまで苦しんでいたことが、すべて流されていくように感じた。

初めてラドクリフを見たとき、その美しさに心を奪われた。

ラドクリフを初めて抱いたときには、その純真さに心を打たれた。

そして呪われたときにラドクリフが、過酷な運命に立ち向かっていく姿に感動したのはついこの間のことだ。

「もう二度と、ラドクリフを攫わせたりはしない。そう……約束しよう」

水の中に横たわったラドクリフの腹部には、変わらずに小さな花が咲いている。その花が増殖していないということは、アルマンの愛が揺らいでいない証拠だった。

「そういえば……この呪いを受けた頃には、一度、ラドクリフのことを疑っていたな」

愛しげにラドクリフの体を洗い清めながら、アルマンは自分の犯した過ちを思い出す。ホズルの言葉に踊らされて、ラドクリフのことを疑った。

そのせいでラドクリフの呪いは、より激しくなったのではないだろうか。

ラドクリフがこんな姿になってしまったのに、今は自分の心が全く変わっていないことに、アルマンは誇りを感じた。

けれどそんなアルマンの思いも、ラドクリフがいつまでも目覚めないのでぐらつき始める。侍医は命に別状はないと言ってくれたが、果たして本当だろうか。このまま目を覚まさないのではないかと、不安になってくる。

「美しい瞳が見たい。頼む、目を開けてくれ」

物言わぬ唇に、そっと唇を重ねてみる。そして美しいままの半身も、焼け爛《ただ》れた半身も、同じように愛撫した。

「ラドクリフ、何度でも約束する。生涯を共にしよう。だから、頼む、私をこのまま一人置いていくようなことはしないでくれ」

アルマンの悲痛な声は、ラドクリフに届いているのだろうか。

手を強く握った。すると微かに握り返してくるようだ。

「ラドクリフ……私はここにいる。冥界《めいかい》に行くには早いぞ。すぐに戻ってこい」

その声に呼応するかのように、ついにラドクリフの美しい瞳は開き、アルマンをじっと見つめていた。

これは夢なのだろうか。城にある泉水の中で、アルマンが体を洗ってくれている。目に入るのは、アルマンの瞳より少し明るい空と、幼い羊の毛のような雲だけだ。

冷たい水が、口移しで与えられる。それをラドクリフは、飲み干していた。すると体の中まで、泉水に浸っているような清涼感に包まれた。

「清浄な水で冷やし、洗うしかないそうだ。やはり呪いなのだろうな。普通なら、水疱が出来て酷い有様になるのに、もう何年も過ぎた傷のようになっている」

「アルマン……」

裸になって自ら泉水に入り、ラドクリフを洗っているのは確かにアルマンだ。どうやら意識を失っているうちに、無事に城まで戻れたらしい。

「エドモンドの狙いは……アルマンを陵辱することです。戦の本当の目的は、歪んだ愛情からなんですよ。アルマン、何があってもあなたは捕らわれてはいけません」

「無理に喋るな」

黙っていろと言われても無理だった。掠れた喉から、言葉は次々と飛び出してくる。

「でも、エドモンドは失敗しました。この傷を移したけれど、私が死んだら元に戻ってしまうということを、失念していたようです」

「分かった。後でゆっくり聞く。だから落ち着け」

「いいえ、いいえ、今、話しておかないと。私を盾にすれば、エドモンドを楽に討てます」

「だからすぐに参戦しろと言うのか？　その体で、戦場に出向くつもりでいるらしいが、そんなこと私は認めないぞ」

そこでやっとラドクリフの意識ははっきりしてきた。夢ではない証拠に、水の冷たさがしっかり感じられ、肌に粟粒が浮き出ている。それと同時に、ラドクリフはおぞましい裸身をアルマンに見られていることに気付き、慌てて泉水から逃れようとした。

どんなに愛されているとしても、この姿を見たら逃げ出したくなるだろう。そう思ったのに、アルマンの様子はいつもと何ら変わらない。

「アルマン……ああ、こんな姿になってしまって……私は、もう……」

「じっとしていろ。熱が酷かったので、泉水で冷やすように侍医に言われたが、効果はあったようだな。寒く感じるなら、熱の引いた証拠だ。よかった」

アルマンは立ち上がり、ラドクリフを抱き起こすと、そのまま抱えて寝台へと運び始める。

「歩けますから、アルマン……」

「無理は許さない。もう片時も離れていたくないんだ。明け方、ラドクリフを城に運び込んでから、ずっとこうして触れていた。なのに気付く様子もなくて、このまま目を覚まさないんじゃないかと怯えていたが、よかった……意識もはっきりしている」

まさかあれがすべて夢だったというのか。アルマンの態度を見ていると、そんな気がしてしまうが、そうでないのは自分の体を見れば分かる。

寝台の上に横たえられた体は、以前とは全く別のものだった。

「こんな体になってしまいました。ですから、アルマン……」

「肉体なんて所詮《しょせん》、魂の入れ物に過ぎない。多少、壊れていたって、中に入っているものが変わらなければ、それは私にとって宝のままだ」

どれほど水に浸かっていたのか、すっかり熱も引き、冷たくなったラドクリフの体をさすりながら、アルマンは熱く語る。

「傷ついた体を卑下することはない。以前と同じように、堂々としていてくれ。ラドクリフを醜くすることで、私が悲しみ傷つくのがエドモンドの狙いなんだろう。だったらラドクリフ、二人でエドモンドの愚かさを笑ってやろうじゃないか」

「アルマン……」

ラドクリフが意識を取り戻すまで、ずっと体をさすっていてくれたというなら、この姿を見たアルマンが悲しまなかった筈はない。けれど今のアルマンは、悲しみに浸ってはいなかった。むしろより快活なくらいだ。

「辛いだろうが、心が折れたら負けだ。エドモンドの卑劣さを証明するんだぐらいに思って、皆の視線から逃げるな」

「はい……逃げたり、隠れたりはしません」

「そうだ、それでいい。皆、ラドクリフがされたことを知って、エドモンドを憎み、戦意を高揚させている。必ず仇は討つ」

ここに運ばれてくる間、他の人間にもこの姿を見られただろうか。見た者達からは、きっと同情を集めた筈だ。アルマンがそれでエドモンドに対する皆の憎悪をかきたて、戦意高揚に利用したとしても、責めるつもりはなかった。

生き延びた今、エドモンドに対して戦う気持ちは萎えていない。このままエドモンドが王として君臨していたら、さらなる悲劇が起こるだろう。それを阻止するためにも、エドモンドは討たれないといけないのだ。

「ラドクリフ、いいか、戦場で自身を盾にしようなんて考えるな。エドモンドのような卑怯者は、もしラドクリフが死んで自分に呪いが戻っても、また新たな犠牲者を捜し出す」

それはラドクリフも考えた。死ぬことは、エドモンドに対する復讐にはならない。次の犠牲者が、また同じように不幸になるだけだ。

「いいようにエドモンドに引っかき回されている。だが、それも終わりだ」

話し疲れたのかアルマンは黙ると、じっとラドクリフを見つめてくる。以前だったら、そうして見つめられるのは嬉しいことだったが、今は辛かった。

「そんなに見つめられると辛いです」

「なぜ？　私が何を考えているか、分からないんだろう」

「はい……私を哀れんでらっしゃるとか？」

「哀れむ？　気の毒だとは思っているけれど、それだけじゃない……。酷い状態だから、決して手を出してはいけないと思っているが、ラドクリフを抱きたくてたまらないんだ」

思わずアルマンの肩に顔を寄せて、ラドクリフは痛いほどの視線から逃れた。

こんなに醜くなってしまったというのに、アルマンは変わらず愛してくれるというのか。これまでのような関係は無理だと諦めていただけに、ラドクリフは戸惑う。

傷ついたラドクリフに対して、これはアルマンの思いやりからの言葉だろう。それとも本当に、以前と変わらない愛情を注いでくれているのだろうか。

そんなラドクリフに、アルマンは優しいキスをしてくる。

「私は、少しだけエドモンドに感謝している」

「えっ？」

「美しさに惹かれて、私からラドクリフを奪おうとする者はこれで減っただろう。恋敵が減って、ほっとしている」

「こんな姿でも、アルマンは平気なのですか？」

答えの代わりに、アルマンは熱いキスをしてきた。それはいつもとまったく変わらない、情熱的なキスだった。

「どんな姿だろうと、ラドクリフはラドクリフだ。愛している……その気持ちは揺らがない」

「アルマン……」

ラドクリフの腕は、自然とアルマンの体に絡みつき、強く自分のほうに引き寄せていた。

窓は開いていて、陽光が射し込む明るい部屋だ。ラドクリフの体のすべてが見えている筈なのに、アルマンは迷うことなく唇を押し当ててくる。

「生きていてくれさえすればいいと思った。なのに……こうして戻ったら、それだけではすまなくなる。困ったものだな」

いつもより性急な感じでアルマンは愛撫してくる。

ラドクリフの頬を涙が伝った。

「愛しています、アルマン。生きていてよかった……」

どんな姿になろうとも、変わらずに愛されること以上に幸福なことはあるだろうか。いや、これ以上の幸福をラドクリフは知らない。

自然とラドクリフの体は動いて、アルマンのものに顔を近づけていた。そんな動きをしたら、自分の全身をくまなく見られてしまうかもしれないが、そんな遠慮はもうラドクリフにはなかった。

アルマンと同じように、ラドクリフも飢えていた。貪欲に生を、そして性を愉しみたい。

呪いに冒された体で無理をして、ここで死ぬようなことになっても、ラドクリフに後悔はなかった。愛し、愛されて死ぬのなら、それは最高の死だ。

お互いに相手のものを口に含んで、しばらく口での愛撫が続いた。その合間に、アルマンは楽しげに笑い出す。

「私ものには動じない男だと思っているが、ラドクリフもいい勝負だ。こんな目に遭いながら、萎えることがない」

それを言われるとさすがに恥ずかしくて、ラドクリフは目を伏せた。

体の奥から、欲望が勢いよく湧き上がってくる。それはもはや抑えることも難しい。

「もういいだろう？」

ラドクリフに射精を許さず、俯せにさせてアルマンは背後から貫いてきた。

「あっ……ああ」

「痛まないか？」

「はい……また迎えられて、嬉しい……です」

虜囚となっている間、エドモンドに陵辱されなかったかとは、アルマンは訊かない。疑ってはいるだろうが、互いに傷つくのは分かりきっているから言わないのだ。

それもまたアルマンの優しさだった。

「うっ、うう……」

同じ行為なのに、どうしてアルマンのものだとこんなに感じてしまえるのだろう。

「あっ……ああ……アルマン」

深奥に生まれた喜びは、先端まで伝わって蜜を垂らす。

失う筈だった喜びが、ラドクリフの肉体の中を駆けめぐっていた。

「ラドクリフの肉体を、完全に壊してくれなかったのは、感謝するべきだな。何も……変わっていない。変わらずにここは素晴らしい……」

満足そうな声が聞こえて、ラドクリフはさらにその部分を締め付けて、アルマンの喜びに奉仕した。

こんな姿で戻ったのに、すぐに愛し合うなんてエドモンドには想像もつかなかっただろう。アルマンを苦しめるために思いついたことが、何の効果も果たしていない。

「ああ……あっ……」

ラドクリフは歓喜の印を滴らせた。

そしてアルマンが、同じように満足して終えるのを待つ。

「んっ……ん」

低く呻いて、アルマンの果てた気配が感じられる。ラドクリフはすぐに体を上に向けて、アルマンを強く抱いた。

「アルマン……」

愛しさが溢れて言葉にならない。今はただ、強く抱き締めて、二度と離れたくないと示すだけだ。

「花はそのままだ、ラドクリフ。私の愛の証だ」

アルマンはそっとラドクリフの腹に触れ、静かに咲いている花を示す。それを見てラドクリフの目には、新たな涙が湧き上がっていた。

アルマンから贈られた華やかな衣装に身を包み、ラドクリフはこれまでのようにいつもアルマンの側に寄り添っていた。

エドモンドのように、仮面で顔を隠すような真似はしない。醜い半分と対照的な美しい面は、ますます美しく輝いている。愛されているという自信が、ラドクリフをより美しくしてくれたのだ。

その姿を見た人々は、最初遠慮がちに目を伏せた。けれど次の瞬間には、以前と変わらぬ態度になってラドクリフと接した。

見慣れてしまえばどうということはない。ラドクリフはアルマンの忠実な騎士であり、もっとも寵愛されている愛人であることに変わりはないのだから。

アルマンの愛に揺らぎはない。以前と同じ、いや以前にも増して、ラドクリフを愛してくれている。

今日もラドクリフが出掛けたいと言ったら、どうしても同行すると言ってきかなかった。

「いいのですか、アルマン。私としては、あなたに邪心があるように誤解されたくないのですが」

「一人ではどこにも行かせない。前回のことで懲《こ》りた」

それを言われると、ラドクリフも断ることは出来なかった。

二人は馬を並べて、国境近くの森まで走らせる。最初、アルマンにも行き先を告げなかったが、秘密を持てる筈もない。結局はすべて知られてしまうのだ。

ラドクリフが向かったのは、ジプシー達のいるところだった。彼らはほとんど移動せず、国境近くの森で暮らしている。冬が来て寒くなったら、南に向かって旅立つが、それまではこの森を仮の王国としていた。

目的の馬車に辿り着くと、ラドクリフは遠慮がちに声を掛けた。

「リリス、リリスはいるか？」

しばらく返事はない。やっと出てきたと思ったら、リリスはだらしないドレス姿で、髪を手で梳きながら嫌そうな顔をした。

「なんだい、まだ昼間じゃないか。こんなに明るいのに、わざわざあたしを殺しに来たのかい」

相手がラドクリフだと知って、リリスが真っ先に思ったことはそれだろう。だがラドクリフは、笑いながら打ち消した。

「そうではない。もうじきまた戦が始まる。その前に、少し早いだろうが、南に向かって旅立って欲しい。エドモンドがまた理不尽な要求をしてくるかもしれないし、今度は我々があなたに何か依頼するんじゃないかと疑われたら、リリス、あなたの命も危ないだろう」

「はっ？　何の話だい、それ。あたしの命を助けるって？　おや、後ろにいる王様は、あたしを抱きにきたのかい？　ラドクリフにこんなに愛されているのに、まだ恋の揉め事が必要らしいね」

そこでリリスは、初めて気が付いたようにアルマンを見つめた。途端に好色そうな顔になったが、ラドクリフは笑顔でリリスの視線を遮った。

「そうじゃない。リリス達に移動して欲しくて来たんだ。アルマン様は、私が心配だから、同行してくれただけだ」

「ふんっ、仲がよくていいこった」

楽々と魔力で美貌を取り戻したエドモンドだが、今度はその魔力を使って、自分が狙われるのではないかと怯えるようになるだろう。そしてエドモンドは、自分を守るためにリリスを殺す。

リリスに罪はない。魔女は依頼されたことをやるだけだ。村の若者が隣家の娘と結婚したいといった、そんな小さな願いだってリリスは叶えるだろう。問題は依頼主にあるのだ。

「これをあげよう。売ればいい値になると思うが、色白のあなたがしていると映えるだろう」

母から譲られたルビーのペンダントを、ラドクリフはリリスの首に掛けてやる。するとリリスは、驚いた顔になった。

どうやら陽の高いこんな時刻では、さすがの魔女も魔力を失うらしい。ラドクリフがすることも言うことも、リリスは予想することはなかったようだ。

「ラドクリフ・オーソン。あんた、頭までおかしくなっちまったのかい？　あたしに対して恨みはあっても、こんな親切で気前のいいことをする理由がないよ」

「いや……これは、真実に気付かせてくれたお礼だ。私は、こうなったおかげで、アルマン様の揺ぎない愛を手に入れた。あなたにはどんなに感謝してもしたりない。だからリリス、エドモンドに狙われる前に逃げてくれ」

リリスはそのとき、妙な顔をした。迷子になった子供のような顔になったのだ。そしてリリスは、自分の胸元を飾るルビーのペンダントに触れる。血のように赤いルビーは、色白の彼女の胸元で、息づいているかのように見えた。

「失礼な言い方かもしれないが、あなたを気の毒だと思う。あなたを抱く男達には、みんな別の目的がある。あなただけを愛してくれる、真実の恋人が見つかるといいのに」

「そんなもの……見つかる筈ないさ。だって、あたしは……魔女だもの」

「そうだったな」

魔女には魔女なりの誇りがあるのだ。それを傷つけてはいけない。ラドクリフは言い過ぎたと反省した。

目的は果たした。リリスが南に逃げてくれるといい。そう願って去ろうとすると、リリスは突然叫んだ。

「ラドクリフ、あんたはいいやつだから、知りたいことを教えてやるよ。乳母のヒルダは、娼婦の子と后の子を取り替えたんだ。欲深な娼婦は、自分の生んだ子を売っただけじゃ足りなくて、交換した子供まで売りに出したのさ」

「それは……もしかして」

「宝石細工の男だよ。王様の家系は、慈愛に満ちてるらしいね。どんな醜い相手でも、平気で惚れちまうのは、兄さんとそっくりだ」

リリスの言葉に、アルマンは怪訝そうな目を向けてくる。

「どういうことだ、ラドクリフ？」

「やはりそうだったんだ。アルマン様によく似た男……エドモンドの小姓が、サドエリと交換された王子だったのです」

アルマンがさらに訊こうとすると、リリスが遮った。

「助けなくても大丈夫さ。王様はいつか、その男の造った王冠を被る」

もう言うことはないのか、リリスはさっさと馬車の中に戻ってしまった。

「似ている男というのが、私の弟だったというのか？」

「はい、あまりにもよく似ているし、赤ん坊のときに母親だった娼婦に売られたと聞いて、もしかしたらと私が考えていたことを、リリスは教えてくれたのだと思います」

「エドモンドの小姓をしているんだな」

「たまたま宝冠の修理に城を訪れたら、エドモンドの目に留まったようです」

エドモンドの欲望が歪んだものであることは、アルマンにも伝えてきた。だからアルマンは、弟が何のために小姓になっているのか、すぐに理解しただろう。

「助けてやるべきだろうか？」

「いいえ……私はリリスの言ったことを信じます」

何年か後に、アルマンは新しい王冠を作らせるのかもしれないが、それを作るのがダリルだということなのだろう。

その頃、エドモンドはまだ王として君臨しているのだろうか。それこそラドクリフもアルマンも知りたいことだったが、あえて聞かずに二人は城へと戻り始める。

エドモンドに命じられて、ダリルと体を繋げたことを、正直に話すべきかラドクリフは悩む。

こんな醜い姿になっても、愛を貫いてくれたアルマンに対して、やはり言ってはいけないことのような気がした。ただの雑兵に犯されたのではない。相手が実の弟となったら、アルマンも深く傷つくだろう。

「あのエドモンドを愛している？　あり得ない。きっと家族を人質に取られて、無理矢理従わされているだけだ」

アルマンの呟きに、ラドクリフは即座に同意出来ない。あれから数日が過ぎたけれど、その間にダリルの心に大きな変化がなければ、未だに不毛な愛に苦しんでいる筈だ。

「ただし城を攻めるときには、注意するよう伝えておこう。魔女はああ言ったが、助けられるものなら早く助け出してやりたいからな」

「そうですね。育ての父親が、城下にいるようなことを言っていました。助けられれば嬉しいです」

エドモンドの呪縛から自由になれるのだろうか。リリスの謎の言葉は、それでも僅かに希望を抱かせる。戴冠する資格がありながら、生涯自身が被る王冠を作ることのないダリルのことは、やはりラドクリフにとっても気がかりだった。

美しさを手に入れたというのに、エドモンドの心は弾まない。確かに最初の数日は、雲の上を歩いているかのように、心も晴れやかだったが、いつの間にかエドモンドの心は、また暗い地下に繋がれている。

そんなときに、内偵者が寄越した伝令が恐ろしい話を伝えてきた。

アルマンは以前と何ら変わることなく、ラドクリフを寵愛している。いや、以前にも増した寵愛ぶりだということだった。

しかもラドクリフは、自身の風貌を恥じることなく、仮面もつけずに堂々とアルマンに従って、あるゆる場所を出歩いているというのだ。

「姑息な手だな。同情を利用しているんだ」

華やかな美貌を誇ったラドクリフが、一気にあんなに醜くなってしまった。その原因がエドモンドだと知ったら、同情は高まり戦意は高揚する。

エドモンドは苛々しながら、次の報告を待った。

「再戦を前に、隣国の王は、オーソン卿を伴って、ジプシー達のところに行っております」

「何だって？　で、そこで何か依頼したのか？」

「よくは分かりませんが、オーソン卿はかなり高額な宝石を、魔女に支払ったようです」

「……そうか」

呪いを掛けて欲しければ、あたしを抱きなと魔女は言った。だが、アルマンとラドクリフは、絶対に魔女を抱けない。愚かな貞節を誓っているからだ。

そう思って安心していたのに、高額な宝石を見て魔女は慣例を破ったのかもしれない。

「金を使うのは、オーソン卿の得意技だな」

自身は欲などないように見せているが、ラドクリフは金の使い方が上手いとエドモンドは思っている。目の前に黄金を積んで傭兵を寝返らせたりしたが、それと同じように宝石でリリスの歓心を買ったのだろうと推測した。

だとしたら恐ろしい。アルマンはいったい魔女に何を願ったのだろう。

エドモンドの死に決まっている。

では、どうやって殺すつもりなのだ。

「隣国は再戦の準備に入りました」

「うむ……分かった」

エドモンドは伝令を下がらせると、しばらく玉座の上で悩んでいた。

アルマンとラドクリフが、魔女に何を願ったのか知りたい。呪いを依頼したものは、相手の呪い返しを警戒しなければいけないものらしいが、エドモンドにも呪いは返ってくるのだろうか。

「……私と魔女が死ねば、オーソン卿は元通りか。だが……あんな姿になっても寵愛を受けているのなら、私はともかく、魔女は殺さないだろう」

願い事は一つだけ。直接の殺人はお断りだと魔女は言った。ラドクリフが呪われた体を苦にして、自ら命を絶つのならいいだろうが、そうなるとエドモンドの姿は元通りだ。

アルマンが生きている限り、ラドクリフは死に急がない。そう思ったから、アルマンを苦しめるために、ラドクリフの体に傷を移したのだ。

「苦しまないのか、アルマン？　私は、おまえが寵愛している華やかな肉体を、あんな醜いものに変えたのだぞ」

深まる寵愛。ではあの肉体を、アルマンは夜毎抱いているのだ。

けれど同じ傷だらけの肉体でも、エドモンドだったらアルマンは近づいてもこない。

「虚勢だ。私に対して、虚勢を張っているだけだ」

どうやったらアルマンは、エドモンドが望む、苦しみにのたうち回る姿を見せてくれるのだろう。

父王は殺した。サドエリには裏切らせた。そしてラドクリフを醜くしてやったのに、アルマンは何も苦しんでいない。

「そうか……やはり、本人を苦しめるべきだったな」

そこでエドモンドは、側にひっそりと立っている宰相のデモンズに命じた。

「ダリルを連れてこい。今から、出掛ける」

「どちらに……」

「警護の兵は数人でいい」

また魔女のところに行くとは、さすがにデモンズには言いにくい。この何を考えているのか分からない宰相は、エドモンドがどんな非情なことをしても何も言わなかった。決して逆らうということをしないし、意見も言わないから重用している。

けれど信用はしていない。エドモンドは、自分以外の人間なんて、誰も信用しないのだ。

そんなエドモンドでも、ダリルだけは使えると思っている。愚かにもあの男は、どうやらエドモンドを愛しているらしい。愛という言葉はとても便利だ。盲目的な服従に、愛は利用出来る。

ダリルに手伝わせて、外出の用意をさせた。そして馬を出しに行く途中、エドモンドは猫なで声でダリルに言った。

「魔女を覚えているな」

「はい……」

「願いは一度きり。それが本当なら、私の願いは聞き入れられない。だからおまえが、私の代わりにアルマンを呪うように依頼しろ」

「えっ？　でも、それは無理です」

どうやったら依頼を受けてくれるか知っているダリルは、即座に逆らった。

「魔女を抱けないと思ってるのか？　だったら安心しろ。オーソン卿をやったときのように、私と三人なら出来るだろう」

「い、嫌です。無理です。出来ません」

今にも逃げ出しそうにしているダリルの手を、エドモンドはむんずと摑むと、次には剣でその喉元を狙っていた。

「いいのか、私に逆らうと、あの年寄りがどうなっても知らないぞ」

「……」

ダリルが最初から従順だったのは、愛からではない。両親が城下にいるから、その命を守るためだったのだ。本当にダリルが愛しているのは、エドモンドではなく両親だろう。そう問い詰めたら、ダリルは親とエドモンドでは、愛することの種類が違うと答えた。

父に愛されることもなく、愛することもなく育ったエドモンドには、ダリルの考えていることはよく分からない。そこでともかく愛という言葉は、手軽な呪文なのだと思うことにしていた。

「今度は何を願うのですか？」

「アルマンから、男の愉しみを奪うんだ」

どんなにラドクリフと愛し合っていても、男のものが役に立たなくなったらどうだろう。それでもまだ、愛などという幻想に浸っていられるだろうか。

アルマンから欲望を奪ってしまえばいい。

「それともオーソン卿が女に恋するようにし向けるかな」

「そんな……何もそんなことをなさらなくても……」

「戦で決着を付けろと思ってるのか？」

「はい……」

勝てる自信がない。それがエドモンドの本音だ。

アルマンの兵達の士気は高い。傭兵を雇うだけの、潤沢《じゅんたく》な資金もある。けれどエドモンドには、そのどちらもない。

「アルマンが本気になって攻めてくる前に、どうにかしないとな」

暗殺者を送って殺せばいいのだろうが、まだそれはしたくなかった。どうしても生きたままアルマンを虜囚にしたいのだ。

「行こう。早くしないと、向こうが依頼したことが実行されてしまう」

「どういうことです？」

「やつらは魔女に宝石を渡して、交渉を開始している。何を依頼されたのか、それも聞き出さないといけない」

不安がっている自分を、誰にも悟られたくないエドモンドは、嫌がるダリルを馬に乗せてしまう。そして逃げられるとまずいので、同じ馬にエドモンドも同乗した。

数人の警護の兵を連れて、急いで国境に向かう。するとジプシー達が、馬車を並べて移動する光景に出くわした。

「まだ冬ではないだろう？　そうか……アルマンは自分に呪いが掛けられると思ったんだな」

小賢しいやり方だ。エドモンドは苛つきながら、リリスの馬車を探した。車列のかなり後方で、やっとリリスの馬車を見つけたエドモンドは、慌てて駆け寄る。

「止まれ。リリスに用だ」

エドモンドが剣を突きつけると、ぼんやりした顔の御者の男が、渋々馬車を道端に停めて、後続車を先に行かせた。

「何だよ。まだ走り出したばかりじゃないか。車輪でも壊れたのかい？」

苛立った声を上げて、リリスが幌に覆われた荷台から顔を出す。そしてエドモンドの姿に気付いて、ちっと短く舌打ちした。

「あんたの願いはもう聞かないよ」

「ああ、いいんだ。それよりアルマンに、何を依頼された？」

「何も……」

そこでリリスは、胸元に手をやって、何かを隠すような仕草をした。

「宝石か？　それだけのものを支払えば、何もおまえを抱かなくても依頼に応じるのか？」

「本当に何も頼まれてないよ。あいつらは、どっぷり愛し合ってる。あたしに頼みたいことなんて、ある筈ないだろ」

いや、何かある筈だ。リリスは隠しているに違いない。そこでエドモンドは、呪い返しについて口にした。

「私に呪いが掛かったなら、即座に呪い返しに応じるぞ。リリスを抱いて、その宝石以上のものを支払えばいいのだろう？」

そこでリリスは、バカにしたようにエドモンドを見て笑った。

「せっかく綺麗になったのに、やっぱりあんたの体は悪魔の巣窟《そうくつ》だ。あたしは嘘は吐かないよ。残念だね、あんたを呪う勇気のあるやつはいないらしい」

「本当に呪われていないんだな？　それじゃこうしよう。今度は、このダリルが依頼する」

エドモンドがダリルを示すと、リリスは即座に首を横に振った。こんなひょろひょろとした若者では、リリスの旺盛な性欲を満たすことは無理だと思われただろうか。

「やめとくれよ。あたしは今、魔力が使える状態じゃないんだ。もうほっといておくれ」

リリスはそこで、エドモンドには用がないというように馬車の中に入ってしまった。

アルマンの仕組んだことが分かってきた。きっとあの宝石を使って、二度とエドモンドの依頼を受けないように約束させたのだ。それなら依頼ではないので、リリスを抱くことも必要ない。

「リリス」

執拗にリリスを追って、エドモンドは馬車の中に飛び込む。すると逃れようとしたリリスの胸元で、ルビーのペンダントが怪しく輝いた。

「そのルビーより、もっと大きなエメラルドをやろう。だからリリス、ダリルの依頼を叶えてやってくれ」

「無理だよ。あの子はあんたの繰り人形だろ。本心から願わなければ、呪いは掛けられない。偽物の願いじゃ、魔力は効かないし、それにあたしは……もうラドクリフを不幸にしたくない」

リリスはしっかりペンダントを握りしめて、吐き出すように言った。

その瞬間エドモンドは、とんでもないことに気付いてしまった。

「もしかしておまえ、ラドクリフに恋したのか？」

嘘を吐かないという言葉どおりに、リリスは正直に告白してしまう。

「ああ、そうだよ。ラドクリフ・オーソン……欲抜きであたしに優しくしてくれた、たった一人の男なんだよ」

笑ってはいけないと知りつつ、エドモンドは笑い出す。何と滑稽《こっけい》なことだろう。いい歳をしたジプシーの魔女まで、あのラドクリフの美しさに誑かされたというのか。

「恋してる間はね、魔力は使えないんだ」

「そうか、それじゃおまえは、もう私の依頼は受けないというのだな」

「……ああ、受けない」

リリスの金色の瞳が怪しく光る。彼女は次に訪れる自分の運命に、すでに気付いていたのだろう。けれど気付くのが遅かった。魔力を失った魔女は、自分の危機を予測することも出来なかったのだ。

エドモンドは何も迷わず剣を抜き、リリスの豊満な乳房の少し下に突き入れた。

首を刎ねてもいいが、そうするとルビーのペンダントが血で汚れてしまうから嫌なのだ。

抵抗する素振りもなく、リリスはされるままになっている。そしてにやっと不気味に笑った。

「これは貴婦人がするものだ。おまえのような魔女には似合わない」

リリスが床に倒れる前に、エドモンドは憎々しげにそう言うと、乱暴にペンダントの鎖を引き千切って奪う。そのとき、微かに手を傷つけたらしく、小さな血の球が出来ていた。

馬車から出ると、ダリルが呆然と立っていた。中で何が行われたのか、分かってしまったようだ。

「馬に乗れ。急ぎ、城に戻る」

リリスを殺したことを、ジプシーの長《おさ》が知ると面倒だ。エドモンドはまたもや強引にダリルを馬に乗せ、その手にルビーのペンダントを握らせた。

「鎖が切れた。戻ったら、補修してくれ」

「これはあの人の……」

エドモンドは馬の腹を蹴り、勢いよく城へと戻る。何も事情を知らない兵達が、慌てて後を追ってきた。

「急げ。ジプシーと揉めたくない」

馬を走らせながら、エドモンドはとりあえずほっとする。これでもう誰も、エドモンドを呪うことは出来ないのだ。だったら現実の敵とだけ、戦っていけばいい。

「戦の準備をしなければいけないいな」

見事なルビーだ。どうやらラドクリフは、この宝石の価値も知らないらしい。これを売れば、新たに傭兵を雇える。上手くやったと笑っていたが、手に痛みを感じて、エドモンドは馬の歩みを少し遅らせて、傷口を確認した。

無理に鎖を引き千切ったから、手を傷つけたと思った。けれどエドモンドは、そこに赤い小さな花があるのを見てしまった。

慌てて手の先を袖で隠す。そして何事もなかったかのようにして、また馬の速度を上げた。

こんなものは目の錯覚だ。気の迷いに違いない。けれど手の先から体が熱くなり、ちりちりと痛み始めている。

魔女の呪いの凄さは、この体で体験した。やっと美しい肉体を手に入れたというのに、それが今また、壊されようとしている。

誰がこの呪いを消せるのか。ラドクリフの呪いを解いたのはアルマンだ。本当に愛する者だけが、この呪いを消せると聞いた。
では呪いを消してくれるほど、エドモンドを愛してくれる人間はいるのだろうか。
そんな者はどこにもいない。
エドモンドは怖々と、自分の後ろに乗っているダリルを振り返る。
エドモンドを愛する者がいるとしたら、ダリルしか思いつかなかったのだ。

戦場に向かう。思えばそれが最初の目的だった。なのに師の言葉どおり、ラドクリフは愛欲の波に呑まれてとんでもない遠回りをしてきたようだ。

傷だらけの甲冑、何度も研《と》がれた剣。矢羽根も綺麗に揃った弓矢を担ぎ、ラドクリフはついに戦場となる隣国の城へ向かう。

アルマンは戦場を決めての決戦を取りやめ、直接、王城を攻める作戦に出た。それでも勝機はあると、アルマンは読んだのだ。

「二度も呪われながら、高潔な魂を失っていない。ラドクリフ、私は誇りに思うぞ」

並んで馬を進めながら、アルマンは感慨深げに言う。

「私の魂が高潔だとおっしゃるなら、それはすべて陛下のおかげです」

今は親しげにアルマンとは呼べない。陛下と呼ぶラドクリフに、アルマンは微笑む。

「いつにもまして謙虚だな」

「私は陛下を信頼しておりますが、一度も裏切られることはありませんでした。それが私の心を、平常心でいられるようにしてくれたのです」

粛々と進む行軍は、南へと向かうジプシー達とすれ違った。ところが見覚えのあるリリスの馬車だけが、黒い帆布《はんぷ》で覆われていた。

「陛下……私の願いは、遅かったのでしょうか？」

「魔力があるなら、危険を察知出来るだろう。あれはきっと仲間の弔いを、リリスがしてやっているんだ」

「そうでしょうか」

リリスがエドモンドに襲われたのか確かめたくても、ジプシー達は行軍と揉め事になるのを避けて近づいては来ない。やむなくラドクリフは、何度も後ろを振り返りながらも先に進んだ。

城を落とすとなると大事《おおごと》だ。投石機を乗せた馬車や、特別に編成された大弓隊、それに強固な鉄板を張った戦車などが、兵に守られるように進んでいく。

そしてついに一行は、エドモンドの城に到着した。

居並ぶ兵、閉ざされた城門、そんなものを想定していたのに、見事に裏切られた。城門は大きく開け放たれ、そこにはただ一人、甲冑も纏っていない宰相のデモンズが佇んでいたのだ。

「どういうことだ？　我々が進軍していることは、すでに伝わっていただろう？」

アルマンは不審そうに周囲を見回す。

「罠かもしれない。偵察隊を送るか」

するとすぐにラドクリフの後ろに控えていたトマスが、前に出てきて言った。

「このままでは戦果を挙げることも出来ません。どうか、私を行かせてください」

「主に似て勇敢だな。では、傭兵を指揮して、視察に向かうことを許可する。どこに兵が隠れているか分からないから、油断するな」

「はい」

どうしても騎士になりたいトマスにとって、戦えないことは不服だろう。それはラドクリフも同じだ。何か肩透かしをくらったようで、どうにも判然としない。

「エドモンドは、いったい何を考えているのでしょう？　宰相を矢面に立たせて、私達を罠にはめるつもりでしょうか？」

あれだけアルマンに執着していたエドモンドが、あっさりと引き下がることなど考えられない。

トマスは戦車に乗り込み、傭兵の隊長が選び出した数人と共に、用心しながら中に進んでいく。

「ご安心を、アルマン陛下。この城には、もうほとんど兵はおりません」

デモンズが大きな声で叫んでいる。勇敢なトマスは、それでも用心しながら戦車で城門内まで入り、そこから一気に分散して調べ始めた。

矢が届かない距離にいたアルマンだが、じっとしていると焦れったいのか、まだ確認も終えていないのに先に進もうとする。

「陛下、まだ確認は済んでおりません」

慌ててラドクリフが押しとどめたが、アルマンは聞いてはくれなかった。

「兵が隠れているなら、トマス達が真っ先にやられている筈だ。それに楼閣を見ろ。あんなに鳥が止まっている。下に人がいない証拠だ」

下に人が大勢いたら、あんなにのんびりと鳥は群れていない。確かにアルマンの言うとおり、城内に人は少ないようだ。

しばらくすると、楼閣にトマスの姿が現れ、大きく手を振っている。それが兵のいない合図だった。

「逃げたのか、あのエドモンドが。あれだけ卑劣な手を使って、戦を仕掛けていたのに」

アルマンは怒っている。ラドクリフも不満だ。これでは実力を発揮することもなく、飾り物の騎士で終わってしまう。だが、戦いになれば兵も傷つく。むしろこれは喜ばしいことなのだと、すぐにラドクリフは反省した。

デモンズは反意のない印として、両手を大きく挙げて一行を出迎えた。

「『オルランド王国』国王、アルマン陛下。敵意はありません。兵は皆、すでに城より逃げ出しました。残っているのは、行き場のない下働きの者と、数名の衛兵のみです」

「エドモンド陛下はどこにいる？」

ラドクリフの問いかけに、デモンズは神妙に答える。

「……逃亡いたしました」

「逃亡？　一国の王ともあろうものが、城を捨てて逃亡したと言うのか？」

どこかにまだ隠れているかもしれない。そこでラドクリフは、兵に命じた。

「城内をくまなく探せ。宰相殿、失礼だが、もっと詳しく調べさせていただく」

「お疑いはもっともです。どうぞ、気の済むまでお調べください。すべての扉は開かれております」

ここまで自信を持って言うからには、本当にエドモンドは逃げたのだ。

「国庫が空《から》なのは、不心得者がいたわけではありません。陛下がすべて、持っていかれました」

「持っていけるほどしかなかったということか」

アルマンの言葉に、デモンズは慇懃に頷く。

「はい……聡明なアルマン陛下ならすでにお気付きかと思いますが、この城も王族も呪われております。領地を支配なさるのは結構ですが、どうか、この城に居住なさりませんように」

そんなバカなことがあるかと、いつものアルマンだったら一蹴《いっしゅう》するだろうが、この日のアルマンは違っていた。素直に頷くと、デモンズに訊ねる。

「細工師の親子がいたと思うが、無事だろうか」

「父親は家に帰しましたが……」

デモンズが言い淀んでいるということは、ダリルはエドモンドが連れ去ったのだ。それを知ってラドクリフは、すぐに問い質《ただ》していた。

「エドモンド陛下がどこに行ったか、分からないか？」

リリスの言葉を信じてしまったが、逆上したエドモンドによって、ダリルが殺されてしまう可能性だってあるのだ。

「ジプシーを追って、南に向かったと思われます」

ではここに来る途中、エドモンドとすれ違ったのだ。行軍の様子を見て、エドモンドは恐れをなし、森にでも隠れていたのだろう。

「なぜジプシーを追うんだ」

アルマンに訊かれて、デモンズは不思議な笑みを浮かべて答えた。

「どうやら呪いを受けたようでして……」

「どんな呪いだ？」

「全身に……赤い花が……どんどん咲いていきました。それが止まらないのです」

ラドクリフは息を呑み、アルマンを見つめた。

愛する者だけが、解くことの出来る呪いだ。けれどラドクリフと違って、エドモンドには愛してくれる人はいない。

いや、ダリルがいる。もしダリルの思いが本物なら、エドモンドは助かる筈だ。

「陛下……何だか分からなくなってきました。エドモンドを討つつもりで来たのに、呪われたと聞くと、同情している自分がいます」

「それはラドクリフが、同じ苦しみを味わったからだ。だがエドモンドには、助けてくれる者などいない。あの呪いは、そのまま放置したらどうなるのだろうか？」

「分かりませんが……痛みがあるのは事実です」

針で刺されるような痛みが続くのだ。大きな痛みではないが、全身に広がると血が滲み出し凄惨なことになる。

「陛下、エドモンドを捜しに行く許可をお与えください」

「それはいいが、一人では行かせない」

同行しようとするアルマンを、エドモンドは制した。

「まずは宰相殿と共に、和平の決定をなさいませんと。領民が不安になっているかもしれません。我が国の兵達に領地を回らせ、逃げた兵達が暴徒や盗賊になって、領地を荒らしていないか取り締まらせるべきです」

「まるで口うるさい宰相のような、耳に痛い意見だな」

アルマンは不満そうに口にしたが、言われたとおりなので、それ以上は言い返さなかった。だがそこですぐに引き下がるようなアルマンではない。

「隣国の宰相。今より、この国の王を連れ戻し、それから和平の調停に入る。ラドクリフ、行くぞ」

「……呆れましたね。そんなに私を一人にするのが心配なのですか？」

「もちろんだ。騎士団長、私が戻るまで、全権を委任する。脱走した兵達が、暴挙に出ていないか取り締まれ。領民の命と財産は、何があっても守ってやるように」

そう命じているのを聞いたら、ラドクリフもはや同行を許すしかなかった。

恐ろしい勢いで、花はエドモンドの全身に広がっていた。それが止まったように見えたが、次には花の間に人の顔が見えるようになった。リリスがエドモンドの腕で笑っている。

『あたしからの贈り物は気に入ったかい？』

声まで聞こえてきて、エドモンドは震え上がる。父や斬り殺した臣下の姿もあったし、その他には、悪魔のようなものが顔を出してきている。

「おまえにも見えるか？　死人だらけだ……何人殺したかも覚えていないが、これは、誰だったかな」

うっすらと血の滲む腕を示して、エドモンドはダリルを見つめ虚しく笑う。街道を避け、川の側の林道を進んでいたが、痛みと疲労からついにエドモンドは馬を下り、冷たい水に手を浸していた。

マントで覆った体の下がどうなっているのか、見る勇気もない。

「どうやって消すんだ……。誰が消し方を知っている」

呪いを掛けたリリスを殺してしまったから、ジプシーの誰かに訊くしかない。だがエドモンドがリリス殺しの犯人だと分かっているから、いくら金を積んでも答えは教えてくれないだろう。下手をすれば、殺されてしまうとエドモンドは怯えていた。

「ラドクリフから消し方を訊かなかったか？」

「はい。何も……」

「リリスが死んだことを知ったら、ラドクリフは私を殺しに来るだろうな」

苦笑いを浮かべながら、エドモンドは川面に映った自分の姿を凝視した。

「ジプシーを追っても無駄だと思えますが」

ダリルの言葉にエドモンドは苛つき、手で水をかき回し、映っていた自身の姿を消した。

「どちらに向かわれるつもりですか？」

抑揚のない声で訊かれて、エドモンドはそこでやっといつものような傲慢《ごうまん》さを取り戻した。

「金ならある。どこかでしばらく身を潜め、いずれ再起を狙う。だがその前に、何としても呪いを解かないといけない」

城を抜け出したのは、こんな姿をアルマンに見られたくなかったからだ。国や城を守ることよりも、エドモンドが真っ先に思ったのは、情けないことにそんなことだった。

「愛する者だけが呪いを解ける。確か……そんなことを聞いたような気がする。だからダリル、おまえを連れてきたんだ」

「私が陛下を愛していると思われたのですか？」

何度かそんな言葉を口にしたが、それが本心からかどうかなんて、一度として確かめたことはない。一番疑っていたのはエドモンド自身なのに、愚かな勘違いをしていたことに、今更ながらエドモンドは気が付いた。

「そうだな。愛してなどいないのだろう？」

「今のお姿になる以前の陛下のことは、愛していたかもしれません。でも、それも同情だったのかもしれませんね」

「同情などされるのは嫌いだ」

「嫌いなのは同情されることだけですか？　愛されるのもお嫌いだったでしょう？」

ダリルがいても足手まといになるだけだろうか。そう思ってエドモンドは、剣に手を掛ける。けれどその途端、エドモンドは生まれて初めて、独りになることの恐怖を感じてしまった。

『独りじゃないさ、エドモンド。俺達がいる』

『そうさ、話し相手には不自由しないぞ』

腕に現れた様々な顔が、嫌らしげに囁いた。

「黙れっ！」

思わずエドモンドは、自分の腕にある顔を切りつけてしまう。そして瞬時に後悔した。

花はますます赤くなり、居並ぶ顔が笑っている。どう自分で傷つけても、この呪いから逃れる方法はないのだ。

「陛下、向こうから馬に乗った二人連れが近づいてきます」

「何だって！」

まだはるか先だが、川沿いの道を馬に乗った誰かが来る様子が見えた。アルマン達が城に辿り着いたとしたら、そろそろ追っ手を掛ける頃だろう。

「行こう。早く、馬に乗れ」

「無駄です。私は乗馬が上手くないから、すぐに追いつかれてしまいますよ」

「そうだな。だったらおまえを人質にでもするか。善き人のオーソン卿は、たかがおまえのような者を助けるためでも、平気で自分を犠牲にする」

手の先まで広がった花のせいで、血が滲むのか強く剣が握れない。思わず手から滑らせてしまった剣を、ダリルが素早く拾ってしまった。

切っ先がエドモンドに向けられている。当然、そうなる展開も予想出来たのに、エドモンドはダリルだけはそんなことをしないと思っていたのだ。

「剣を寄越せ」

ダリルは首を横に振り、悲しげに言った。

「アルマン陛下を愛していたのですか？」

「まさか……そんなことはありえない。一度、見ただけだ。そんな相手を愛するだと」

今になって、エドモンドにも分からなくなってきた。アルマンとまともに話したこともないのだ。

そんな相手に執着していたのは、結局、自分より幸福な人間が憎かったのだと思う。

生まれたときから悪魔に魅入られていたのだ。あるいはエドモンドは、悪魔の申し子なのかもしれない。

「剣を寄越すんだ、ダリル」

アルマンとよく似た顔立ちだが、今日はまた殊更に似て見える。それはきっとダリルが、これまでになかった強い意志を持ち始めたからだ。

「私にオーソン卿を与えたりなさらなければよかったんです」

「何の話だ？」

「私は……あの方に恋してしまったけれど、彼はアルマン陛下のもの……。叶わぬ恋は辛いです」

エドモンドは笑い出した。またもやラドクリフに恋した愚か者がいる。もしかしたらエドモンドが本当に狙うべき相手は、ラドクリフだったのかもしれない。

「誰からも愛される、美しいラドクリフ・オーソン……か」

けれどその半身は醜くなっている。それを思い出して、やっとエドモンドはダリルの真意に気付いた。

「そうか、ダリル。私を殺せば、愛しいオーソン卿が、元の姿に戻れると思っているんだな」

「それだけじゃありません。エドモンド、あなたの呪いを解いてあげますから」

剣など持ったこともない筈のダリルだろうが、渾身《こんしん》の力を込めてエドモンドの胸に剣を突き刺していた。

恐れていた死の訪れは、案外優しい。エドモンドは痛みも感じず、呆然とダリルを見つめる。

「そんなに愛しいのか……オーソン卿が」

「……どうでしょう。私にも分かりません」

ダリルはしっかり剣を握り、倒れかかるエドモンドの体を支えながら呟く。エドモンドを倒せて嬉しいだろうに、なぜかダリルは泣いていた。

血が流れ出ると同時に、エドモンドの体から花や顔が次々と消えていく。それを見ているうちに、エドモンドは力なく微笑む。

「嘘を吐くな……やっぱりおまえは……私を……誰よりも愛していたんだ」

「そうですね。エドモンド、愛していました」

ダリルがゆっくりと剣から手を離すと同時に、エドモンドの命もその肉体から静かに離れていった。

河原にいた誰かが、馬に乗って逃走していくのが見えた。追おうとするアルマンに、ラドクリフは伝えた。

「待ってください。誰か倒れています。怪我をしているなら、先にそちらを助けないと」

「逃げたのはエドモンドかもしれない」

「大丈夫です。私達なら追いつけますから」

二人はそのまま、河原に倒れている男の側に近づいていった。俯せになったマントに包まれた体の下から、川に向かって血が流れているのが見える。これほどの怪我をして、生きているだろうか。

ラドクリフはすぐに男の体を上に向かせる。剣を胸に突き刺した姿だったが、そこには初めて見た頃と同じ、エドモンドの姿があった。

「……醜王エドモンド」

すでに絶命していたが、エドモンドは元に戻っている。そこでラドクリフは、怖々と兜を外してアルマンを振り向いた。

「アルマン……私の姿は、どうなっていますか？」

「ああ、また余計な嫉妬をしなければならないほど、美しくなっている」

そう言うとアルマンは、しっかりとラドクリフを抱き締めてきてくれた。

「姿がどうでも、ラドクリフはラドクリフだ。そう思っていたが、やはり生来の美しさを見ると心が

和《なご》む。よかったな、ラドクリフ」

「戻ったのですね」

では、リリスも死んだのだ。やはりあの黒い幌は、リリスのためのものだったのかと、ラドクリフの胸は痛む。

「魔女も死んだようです。可哀相に……」

「だがこれで呪われる者はいなくなった。人を呪うのは、たとえささやかなものでもいいことではない。誰かを不幸にしなければ手に入らない幸福なんて、所詮、本物の幸福じゃないだろ」

アルマンの言うとおりだ。他人の不幸を犠牲にして得た幸福なんて、結局は心から愉しむことは出来ないのだ。

たとえ姿は美しくなっても、エドモンドが幸福になれたとは思えない。王なのに、こんな河原でたった独りで死ぬことになったのだから。

「この場から逃れたのは、弟のダリルだろうか。これももしかしたら……ダリルが」

「いいえ、エドモンドは王らしく、敗退を恥じて自決したのです」

そういったことにしなければ、ダリルが罪を被らないといけなくなる。そう思ったラドクリフは、咄嗟《とっさ》にそう言ってしまった。

「そうだな……。王らしい最期だったと、皆には伝えよう」

二人はしばらくエドモンドを見つめ、敵将といえども黙禱《もくとう》を捧げた。

エドモンドの死に顔は思ったより穏やかで、笑っているようにも見える。ラドクリフもやはりこれはダリルの仕業だと思っていた。

たとえそれが死という残酷な形であっても、ダリルは最期、エドモンドに本物の安らぎを与えたのだ。すべての苦しみから解放されて、エドモンドは救われただろう。

「やっと終わった……」

「はい……」

この後も、苦難は様々あるだろう。それでもラドクリフは、アルマンと共にいれば耐えていけると確信していた。

エドモンドの馬に遺骸を乗せ、二人は再びエドモンドの城へと戻る。するとその途中、何人もの人々が歓喜の声を上げていた。

恐怖が支配していたこの国にも、やっと平和が訪れたのだ。

城内に入ると、ラドクリフの美しい姿にまたもや新たな歓声が沸き上がった。

ラドクリフの美しさを奪われて、怒り悲しんだのはアルマンだけではない。皆が、同じように悲しんでくれていたのだ。

歓声に応えるように、ラドクリフは元に戻った顔を晒して、笑みを浮かべる。するとさらに大きな歓声がラドクリフを包み込んだ。

国に凱旋したアルマンは、戦わずして勝利を得られたことをまず神に感謝した。そして傭兵達に十分な報奨金を与えて解雇すると、戦時が終わったことを諸侯や領民に報告した。

隣国の領土も領民も、すべてアルマンのものとなる。それまで過酷な収税に苦しんでいた領民は、アルマンの支配下となったことを喜んだ。

勝利は喜ばしいが、アルマンにとってそれよりも嬉しいのは、ラドクリフの姿が戻ったことだ。今日もラドクリフを見つめる目は輝いていた。

「ラドクリフは、心の美しさがそのまま姿形になったのだ」

恥ずかしげもなく、アルマンは心からの讃辞を捧げてくる。ラドクリフは頬を染めて俯いた。

「戦果を上げられず、不満な者もいるだろう。新たに騎士を承認してもいいが……」

それはラドクリフの従者、トマスのことだろうか。そんなことまで忘れずにいてくれたことを、ラドクリフは嬉しく思う。

「そうだ、模擬試合でもやろう。ラドクリフ、そこでまた、ただ美しいだけの男ではないところを見せてやるといい」

「ありがとうございます」

今は二人で城内を歩いているが、それも短い間だけだ。困ったことに、またもや居室に籠もる日々が始まっている。

エドモンドの城は放棄され、住む人もなくいずれ廃墟となるだろう。誰もいなくなった荒れた城を見て、アルマンには思うところがあったのに違いない。戻ってから、自身の城の修理をさせていた。

「荒れたところには、悪魔が棲みつく」

より美しくなっていく回廊を見ながら、アルマンはラドクリフに言った。

「あの城には、悪魔がいたんだ。そう思わないか？」

返事に困って、ラドクリフは小首を傾げる。するとアルマンは、ラドクリフの肩を抱いて、自分に引き寄せながら言った。

「あの後、エドモンドの宰相は姿を消した。あの男は、悪魔の使いだったのではないか」

「アルマン、それは考えすぎです」

「そうだろうか？　呪いや魔術が横行しているんだ。悪魔が人の姿をして現れても、不思議じゃない」

そう言われてラドクリフは、エドモンドの宰相だった男の、無表情な顔を思い出そうとしたが、不思議なことにどうやっても思い出すことが出来なかった。

「悪意、邪心、猜疑心、そんなものが悪魔を呼び寄せるんだ。危うく私も、悪魔の声に耳を傾けて、自分を見失うところだった」

「そんなことがあったのですか？」

「あったじゃないか。もう忘れたのか？」

「はい……いいことしか、思い出せません」

辛かったことは、上手に忘れる。そして楽しかったことは何度でも思い出す。ラドクリフはそう決めている。

「それでは、またいい思い出を作ろうか」

アルマンの誘いに、ラドクリフは困った顔になる。

「よろしいのですか？　跡継ぎの問題で、また叱られることにならないですか？」

「優れた者が王になればいい。そうやって先に宣言しておけば、異母弟達も、向上心を持つだろう。逆にいい刺激だ」

私のような者で、満足なさるおつもりですかと言いかけて、ラドクリフは言葉を呑み込んだ。もうそんな言葉を口にするだけ無駄だ。あの困難を乗り越えた後、二人にとってお互い以外に相応しい相手などどこにもいないのだから。

そのまま肩を抱かれて、ラドクリフは居室に連れ戻される。そしてアルマンからの熱いキスを受け取った。

「すべて見せてくれ、ラドクリフ」

「はい……アルマン、仰せのままに……」

呪いが解けた後、ラドクリフの体は以前にも増して美しくなっている。拉致されたときに出来た小さな傷まで、綺麗になくなっていた。

午後の陽が、小さな窓から射し込んでいた。

ラドクリフは光の帯に裸身を晒す。

「光が、その体から出てきているようだ」

満足そうに言うと、アルマンはラドクリフを抱き寄せて、その胸元に最初の花を咲かせた。

吸われたことで出来る花は、体を重ねる度にラドクリフを彩る。けれど不思議なことに、夜が明けるとすべて消えてしまって、以前のように赤い痕を体に残すことはなくなっていた。

誘うようにラドクリフは、アルマンの衣に手を掛ける。そして脱がしていくうちに、若く、逞しい張りのある肉体が現れた。

いつかこの肉体も朽ちるのだろう。だがそれまでの間、変わらずに愛し続けられる自信がラドクリフにはあった。

肉体は魂の入れ物でしかない。中にあるものの輝きが失われなければ、愛を見失うことなど決してないのだから。

王は騎士と結婚するとまで言われる。

幸福な王は、全幅の信頼を寄せられる、最愛の騎士を手に入れた。

アルマンは、その後五十年近くを良王として国を統治した。そして異母弟の息子に、王位を譲った。

新王の戴冠に用いられた王冠は、今は自国の領地となった元『バルスカント王国』の、優れた宝飾技術者によって作られたが、その制作者の名は歴史に刻まれることはなかった。

不思議なことに、アルマンの傍らに寄り添うラドクリフの姿は、何年経っても変わらなかった。

若く美しいまま、ラドクリフは残りの人生を生きたのだ。

アルマンが儚くなってすぐ、ラドクリフは以前からの約束どおり、喉に剣を突き立てて後を追ったが、その体から血が流れ出ることはなく、ただ無数の赤い花びらが散っていたという……。

あとがき

この本を手にとっていただき、ありがとうございます。

今回は、ファンタジーです。そう、ファンタジー。ところでファンタジーって、今更ですが、どういう意味なんでしょう。

魔法などを含む、超自然的なものを組み入れた物語。

単純に言ってしまえば、つまりそういうことです。

現実的ではないものとすれば、まさにボーイズって、すべてがファンタジーの中に組み込まれていってしまいそうですね。

だってあり得ないこととかの連続ですもの。そんないい男がいる筈ない。そんなに物事が上手くいく筈がない。そんなに連続して、やれるもんでもないだろう……等々……。

いやいや、そういう意味ではなく、やはり剣と魔法の世界限定で、ここはあとがきを進めましょう。

今はいい時代になりました。ゲーム、映画、アニメ、どこでもファンタジー全盛です。美しいドラゴンを、いつでも目にすることが出来ますよね。それこそまさにファンタジーでしょう。

けれど一つだけ心配に思うことがあります。それはあまりにもよく出来たものが氾濫していて、自分で想像する力が弱くなってしまうのではないかということ。

もし何も知らないままだったら、ドラゴンという名前とおおよその形状を聞いて、どんな姿を思い浮かべるでしょうか。

人間の想像力の偉大さで、誰もが美しいドラゴンを脳内に浮かび上がらせることが出来るものかというと、そうでもないような気もします。大蛇に足が生えただけとか、蜥蜴の大きいのそのままとかかもしれませんよね。

先人達が、美しいドラゴンの姿を作り上げていってくれたことに、まずは感謝です。

ドラゴンなんてこの話に出てこないのに、何でドラゴンの話ばかり書いているかというと、ついファンタジーというと、火を吹くドラゴンが浮かんでしまいまして。

はっ！　そういえばゴジラも、ある意味ドラゴンの末裔ですね。

飛べないけど（過去作品で、火を吹いて飛んでるシーンがあるにはありますが）、羽もないけど、あれって恐竜の変化系だし。

どうりでドラゴンに親近感が湧く筈です。

さてさて、ファンタジーのもう一つ大切な要素というと、まずは魔法ですよね。

あなたは魔法が使えたら、真っ先に何をしたいですか？

とりあえず宝くじの当選とか、色男ゲットなんて現実的なのは置いておいて、いかにもファンタジー的なものに限定したとしたら。

透明人間になって、男湯覗きたいとか、好きなアイドルの背後霊やりたいなんてのもありそうですが、もう少し、何か夢のありそうなのを、ぜひ考えてみてください。

私だったら、まずは動物とのコミュニケーション能力を身につけたいですね。

それと空も飛びたいな。あ、行きたいとこにすぐに行けるなんていうのもいいかもしれない。

物を自由に、大きくしたり、小さくしたり……過去に行ったり未来に行ったり。

あれ、あれれれれ、これって、超有名な国民的人気者、青色まん丸猫型ロボットが、すでにやってくれているような。

そうだったんですね。あの作品は、実は究極のファンタジーだったのですね。

大昔の人達は、神話を語り継ぎました。その中には、まさにファンタジーの舞台になっているような話が、いくつもあります。

それと同じように、現代にもファンタジー精神は脈々と受け継がれていたんですね。

まん丸猫型ロボットは、叶わないだろうと思えることを、夢のように叶えてくれます。

彼こそが、現代最高の魔法使いなのかもしれません。

そうか、魔法が使えるなら、どうせならまん丸猫型ロボットを作ってしまおう。そうすればすべて解決。

ん、どうせなら、もう少しビジュアルを変えて、ソフトマッチョのイケメンにしようかな。あっ、実写版のフランス俳優タイプでもいいかな。
結局、その程度しか思いつかないとは、とほほであります。

イラストお願いいたしました十月絵子《とおつきえこ》様、コスプレものでお手数お掛けしましたが、麗しい二人をありがとうございます。
甲冑……はい、好きなんです。甲冑萌え……しました。

担当様、ご迷惑をお掛けしておりますが、いつもありがとうございます。こういうファンタジーも書かせていただけるのは、何よりもの喜びです。
そして読者様、本を開けば、いつでもそこは別世界です。どうか、心ゆくまで、読書生活を楽しんでください。

剛《ごう》　しいら拝

初出
肉体の華——2010年 小説リンクス2月号掲載作品を大幅に加筆修正

この本を読んでの
ご意見・ご感想を
お寄せ下さい。

〒151-0051
東京都渋谷区千駄ヶ谷4-9-7
(株)幻冬舎コミックス　小説リンクス編集部
「剛《ごう》しいら先生」係／「十月絵子《とおつきえこ》先生」係

リンクス ロマンス

肉体の華

2012年9月30日　第1刷発行

著者…………剛《ごう》しいら
発行人…………伊藤嘉彦
発行元…………株式会社　幻冬舎コミックス
〒151-0051　東京都渋谷区千駄ヶ谷4-9-7
TEL 03-5411-6434（編集）
発売元…………株式会社　幻冬舎
〒151-0051　東京都渋谷区千駄ヶ谷4-9-7
TEL 03-5411-6222（営業）
振替00120-8-767643
印刷・製本所…共同印刷株式会社
検印廃止

ISBN978-4-344-82611-3 C0293
Printed in Japan

幻冬舎コミックスホームページ　http://www.gentosha-comics.net